讲好你的故事

（Corey Rosen）

[美] 科里·罗森 ◎ 著　　雍德生 ◎ 译

YOUR STORY, WELL TOLD

Creative Strategies to Develop and Perform Stories that Wow an Audience

中国科学技术出版社
·北京·

北京市版权局著作权合同登记 图字：01-2022-1717。

图书在版编目（CIP）数据

讲好你的故事 /（美）科里·罗森著；雍德生译
. —北京：中国科学技术出版社，2022.10
书名原文：Your Story, Well Told: Creative
Strategies to Develop and Perform Stories that Wow
an Audience

ISBN 978-7-5046-9722-6

Ⅰ.①讲… Ⅱ.①科… ②雍… Ⅲ.①文学写作学
Ⅳ.① I04

中国版本图书馆 CIP 数据核字（2022）第 155893 号

策划编辑	褚福祎	
责任编辑	韩沫言	
封面设计	创研设	
版式设计	蚂蚁设计	
责任校对	邓雪梅	
责任印制	李晓霖	

出　　版	中国科学技术出版社
发　　行	中国科学技术出版社有限公司发行部
地　　址	北京市海淀区中关村南大街 16 号
邮　　编	100081
发行电话	010-62173865
传　　真	010-62173081
网　　址	http://www.cspbooks.com.cn

开　　本	880mm×1230mm　1/32
字　　数	191 千字
印　　张	9.75
版　　次	2022 年 10 月第 1 版
印　　次	2022 年 10 月第 1 次印刷
印　　刷	北京盛通印刷股份有限公司
书　　号	ISBN 978-7-5046-9722-6/I·68
定　　价	69.00 元

谨以此书献给我亲爱的父母，

他们是我最喜爱的讲故事的人。

序

　　我向你保证，本书是讨论如何讲故事的精彩著作，这本书见解独到，实用性强，读后令人茅塞顿开。借此机会，我希望能够和你分享一个故事，告诉你我为什么答应写这篇序，为什么我建议你认真阅读本书，以及为什么在讲故事的领域里，科里是一名值得信赖的教练。

　　"帕特里克（Patrick），那位帮助你的律师很像《星球大战》（*Star Wars*）中的欧比旺·克诺比（Obi-wan Kenobi）。"科里对我说。那是多年前的一个夜晚，当时，我、科里和我们共同的朋友斯科特（Scott）正在加州圣何塞（San Jose）的一家俱乐部外面排队，等待去观看加拿大歌手艾拉妮丝·莫莉塞特（Alanis Morissette）的表演。此前，斯科特发现了名气还不太大的艾拉妮丝。那个时候，她的音乐剧《小碎药丸》（*Jagged Little Pill*）刚上演不久。6个多月后，艾拉妮丝名声大噪，她在大型体育场举行的演出观众爆满，一票难求。〔在我出版的著作《请付现金：一个有关拥有95 000美元的男人的幸运、危险、窘境的真实史诗》（*Cash Me If You Can: A True Story of Luck, Danger, Dilemma and*

One Man's Epic, $95 000 Battle With His Bank）中，我讲述了斯科特首次为我播放艾拉妮丝的成名曲《你应当知道》（*You Oughta Know*）的故事，地点是在斯科特位于旧金山的公寓里。那是另外一个难忘的回忆，不过，具体细节我们以后再讲。现在，我要继续讲述有关那个夜晚的故事。］

科里和斯科特当时同在工业光魔公司（Industrial Light & Magic）工作，该公司是《星球大战》导演乔治·卢卡斯（George Lucas）创立的特效公司。令我感到着迷的是，该公司位于一家老旧的购物中心里，其经过一番伪装后，办公地给人的印象是"这里没有什么可看的"。在这家公司，科里和斯科特做着非常了不起的工作，其中包括为《星球大战》系列电影制作特技效果，而《星球大战》直到今天还被人们津津乐道。

事实上，科里、斯科特和一个名叫乔治（George）的家伙都在工业光魔公司工作，并且那天晚上乔治本来也应该和我们在一起。科里和乔治是室友，但在这个故事中，乔治除了被用来与科里作对比，并无其他作用。乔治总是穿着时尚而昂贵的黑色套装，不时吹嘘他在工业光魔公司的工作，就像劳斯莱斯汽车车头上的装饰品在炫耀劳斯莱斯汽车的高贵一样。相比而言，科里的着装朴素低调。如果我没有记错的话（我是一位故事讲述者，请相信，我的记忆一般不会错），科里那天晚上穿着土里土气的绿色（或者是棕色）的条绒夹克——哦，我想起来了，是棕色的。他当时穿着棕色夹克，戴着他标志性的圆眼镜。

科里当时就职于世界历史上最伟大的公司之一，而这家公司创作了名垂青史的电影。然而，虽然科里对自己的工作充满热情，却从不自鸣得意。我越想越觉得，科里应当告知别人他对《星球大战》系列电影的贡献，就像劳斯莱斯汽车车头上的装饰品炫耀劳斯莱斯汽车的高贵一样。我认为，他有足够的理由那么做，因为他对《星球大战》系列电影做出了贡献，而在讲故事这个领域，《星球大战》无疑是卓越的。可是，科里太低调，太脚踏实地，因而不会那么做。后来，我的生活经历明确地告诉我，最好的导师通常都是脚踏实地的人，他们无私地付出自己的知识，毫无保留。科里在本书中就是这么做的，他写作的目的不是炫耀他是如何成为一名故事大师的，而是告诉你，你同样可以成为像他一样的故事大师。

当科里就职于工业光魔公司的时候，我已经在激励演讲师的道路上奋斗了3年，那是一条我自己开创的职业道路。同时，我的第一本书《主修成功》（*Major in Success*）刚刚面世。要知道，科里的工作如果在派对上谈起来，很容易引起大家的兴趣，绝对是

"对话启动器",而我的工作如果在派对中谈起来则是"对话终结者"。经常会发生这样的事情,别人问我:"你是做什么工作的?"我回答:"我是一名激励演讲师。"之后,好似"砰"的一声,对话突然终结。

不管怎么样,当我们在黄色的街灯下等待进场欣赏音乐剧时,我们的对话转向了不久前我的一次恶作剧,而我希望每个人都喜欢谈论那个恶作剧。事情是这样的,我在我的电子邮箱的垃圾邮件中收到了一张9.5万美元的假支票,然后我开玩笑地寄给了银行,而银行却意外地把它兑付了。因此,我就在不经意间把自己拖入一系列荒谬的事件当中。与我的职业形成对照的是,每个人都喜欢听我的这段令人瞠目结舌的经历。

然而,我当时面临的问题是,我对如何讲述我的经历(也就是我的故事)一无所知。我的这段经历内容太多——6个月的经历线,10多个关键人物,无数的曲折与反转。而我在讲故事方面缺乏经验,不知道如何恰当地传递信息。当然,这么说也不全对,因为我已经写出了一篇2.5万字的"叙事"。那个版本的"叙事"在"走红"这个词被大众接受之前已经"走红"。这么说吧,已经有成千上万的人读过那篇文章。不过,那篇文章依然只是一篇"叙事",还称不上是一个故事(科里在本书第二章简明扼要地解释了两者之间的主要差别）。

不管怎么说，在社交聚会上，经常有人让我讲那个假支票的故事。他们会说："你们也经常在垃圾邮箱中收到假支票吧。帕特里克成功地把一张这样的假支票兑付了——9.5万美元啊！帕特里克，讲给我们听一下！"

虽然我的真实故事令人瞠目结舌，但我每次讲述的效果都很差。我意识到，对我而言，"讲述我的故事"就如同在观众面前一丝不挂地独自上演灾难大片。当时，我讲故事的技巧非常蹩脚——如果你也如此，倒也不必感到羞耻，因为我们每个人一开始都没有经验，都不得不从零开始。但是，我的故事本来是"黄金"级别，讲出来却变成了"铅"级别，这令我难以忍受，痛苦不堪。我把这个过程称为"反向炼金术"。我想，如果当时我能够使用这本书里面介绍的技巧，那该有多好！在这本书里面，科里阐述了许多重要理念，而这些理念是我经过多年的失败以后才明白的。例如，我们依赖的故事结构包括线性结构和非线性结构（包括花瓣结构、首尾对称结构、倒叙结构、英雄之旅等）——哦！我有点离题了。我是说，在讲故事方面，我曾经多么失败。

现在，让我们回到旧金山湾区的那个夜晚，当时我们正在等待艾拉妮丝的表演，她将在表演中大声抒发她那段每次想起都会令她隐隐作痛的恋情。科里对我说："帕特里克，你的那个假支票的故事应该被改编成电影，因为那个故事与约瑟夫·坎贝尔（Joseph Campbell）提出的'英雄之旅'的模板完全匹配。"

科里早在1995年的时候已经是一位认真学习讲故事的人了。

1995年是我最后一次见到科里，最后一次和他交谈。我后来搬到了圣迭戈。从那以后，我们各自过着自己的生活，娶妻生子，凭借各自选择的职业养家糊口。时光匆匆，转眼之间，20多年过去了。

那个夜晚科里在那家俱乐部门前说的话，我记忆犹新，原因是他的话对我来讲意味着整个世界。他对我的故事充满信心，这让我觉得我应该去深入挖掘我的故事，把它讲得更好。事实上，我做到了。首先，我把那个故事改编成了单人舞台剧，在全球巡演了10多年。其次，我把那个故事写成了一本书。最后，当我写这篇序时，我的那个故事正在被改编成一部好莱坞式的电影。科里的预言真的实现了！

我相信，这本书带给你的最大益处是信心，即让你相信你的人生故事值得创作和分享。或许有一天，你会坐在剧院里，观看根据你的故事改编而成的电影。或者，你将站在舞台上，用花瓣结构讲述3个故事，而听众则被你深深吸引。做到这些的关键是，要对自己有信心。

我认为，你应当从头至尾仔细阅读本书，并把科里当作你信任的讲故事教练。科里在讲故事方面有20多年的表演和教学经验，这部著作是他多年心血的结晶。因此，当科里请我为这本书作序时，我毫不犹豫地说："没问题。"通过前面的介绍，你应当已经知道了这背后的原因。好了，我的故事讲完了。在讲故事方面，无论你是久经沙场还是初出茅庐，我希望能够帮助你意识到，科里的这本书是讲故事的实战秘籍。我觉得"你应当知道"。[①]

帕特里克·库姆斯（Patrick Combs）

于圣迭戈

---

① 序作者在这里借用了前文提到的艾拉妮丝·莫莉塞特的成名曲《你应当知道》的名字。序作者为作家、导演，《我与银行的故事》（*Man 1, Bank 0*）单人舞台剧主演，其著作包括《当你即将爆发时：一个不平凡的凡人的滑稽、悲伤、狂热的故事》（*When You Are Bursting: Hilarious, Sad, Passionate Stories from an Unusual Everyman*）、《请付现金》。——译者注

从前，人们定期或不定期地聚一聚，通过讲故事分享各自或平淡无奇或精彩刺激的经历。在篝火旁、床榻边，或是在喝酒或品茶时，人们相聚在一起，或开怀大笑，或悲伤哭泣，或学习知识，或坠入情网。然而，世界后来逐渐发生了变化。刚开始时，这种变化很缓慢，后来却呈加速之势。村庄变成了小镇和城市，面对面交流变得困难起来。因此，人们不得不借助电话、电子邮件、短信或社交媒体进行交流。但是，这无法阻止人们去经历和冒险，也无法削弱人们对交流的渴望。尽管科技把我们日益隔开，或者说通过电子手段将我们隔空连接起来，但人们仍然努力寻找面对面连接的方法。于是，由朋友以及陌生人组成的社群应运而生。这证明，我们能够用很好和足够强大的方法去分享知识、感悟、欢乐和痛苦——事实上，这个方法我们的祖先已经使用了几千年，那就是讲故事。

我写本书的前言时，正值新冠肺炎疫情期间。疫情肆虐，人们正处于前所未有的隔离状态。与此同时，勇敢的医护人员和一些特定行业的工作者（比如快递员和食品保障人员）则在巨大的危险面前挺身而出，将自己的安危置之度外。

尽管全球许多地方实施了居家隔离和保持社交距离的政策，

但是人们通过手机、视频电话和其他工具进行交流，而且交流的频率比过去更加频繁。换句话说，即使人们紧闭房门，处于居家隔离状态，仍然热衷于讲故事。

我相信，战胜疫情之后，我们将打开房门，重新涌向影剧院、咖啡厅和会议室去讲述我们的故事，讲述我们在新冠肺炎疫情之前、期间和之后的所作所为，所思所想。

如果你渴望讲故事，无论你是希望一个人站在舞台上与听众分享，还是希望赢得一个新客户，或者只是在FaceTime上面讲给孙辈，本书都适合你去读，因为从故事的构思到故事的展现，本书能够给你提供全方位的帮助。借助构思技巧以及即兴表演的有效策略，本书将指导你如何挖掘创意，以及如何使用多种故事结构和修订技巧，以便展现真实故事的核心内容。我希望，通过对激发创意、提高表现力和记忆技巧的学习，本书能够鼓励你勇敢地站上各种舞台，讲述你的故事，分享你的人生历程。

我鼓励你讲好自己的故事背后的原因是，我希望生活在一个有着更多故事的精彩纷呈的世界里。

目录

第一章　为什么要讲故事　001

第二章　什么是故事　035

第三章　即兴思维与讲故事　081

第四章　发掘创意　097

第五章　回应对故事的反馈　115

第六章　故事的"上色"与"前进"　131

第七章　故事的调整　141

第八章　故事的深度剖析　177

第九章　如何记忆故事　205

第十章　故事的开头与结尾　227

第十一章　故事大会　249

第十二章　总结　291

YOUR STORY, WELL TOLD

第一章

为什么要讲故事

一个星期五的早晨，7：42，在我女儿学校的门前，我被人打了——一个学生的妈妈挥拳猛击我的脸部。

每天早晨，我都要开车送我的儿子亨利（Henry）和女儿马格诺利娅（Magnolia）去上学。这是我十分珍惜的时间段，因为在这15到20分钟的时间里，我和他们能够不受打扰地谈论他们的学校、朋友以及所思所想。除此之外，我还可以让他们学习我认为重要的事情。

我努力做得更好，以便帮助我的孩子们健康成长，因为我看到许多家长不珍惜这样的交流机会，在开车去学校的时候几乎都不关注自己的孩子。这样的家长让人感到担心，而我不希望我也是那个样子。

每天的这段时光，我和孩子们都有不同的谈话主题。例如，每周二是"新音乐周二"。我会选一个新的（对孩子们而言）音乐播放列表，集中播放某个音乐家或某种风格的音乐，并进行简要的介绍。

周五的主题则是"时事"，我们会讨论与孩子们有关的时事话题，比如恢复性司法①和如何解决冲突。有一天，我们讨论了

———————

① 恢复性司法是一种刑事司法模式，它是指通过一系列的司法活动，努力恢复犯罪前的社会秩序和个人状态，修复被犯罪所侵害的国家、社会以及个人的各种合法权益，并以此来减少犯罪、安抚受害者和教育改造罪犯，彻底恢复和保障法律所保护的社会秩序的稳定状态。——译者注

校园欺凌的应对策略。我的建议是"不要理会欺凌者"。我告诉孩子们："欺凌者从被欺凌者的反应上找乐子。对欺凌者置之不理，是削弱他们力量的最佳策略之一。"

那时，我10岁的女儿马格诺利娅马上就要结束四年级的学习了。她每天写日志，记录我们每天开车去学校的启程和到达的时间。她已经坚持了3年，用的是一个螺旋装订的笔记本，记录的项目与刚开始相比也有所增加，目前已经包括司机（爸爸或妈妈），行程时间，兄妹俩谁坐在汽车前排（为公平起见），以及"备注"。"备注"主要记录那些可能影响行程的不寻常的活动或特殊事件。

我们每天去学校的"通勤"很有规律，其中值得一提的是，我们经常会在第26街与卡斯特罗街（Castro Street）的拐角处看到一对等公交车的父子。虽然还有其他人有规律地闯入我们的视野，但我们特别喜欢看到这对父子，因为我们看到他们时，那个父亲总是在打电话，而那个看起来只有5岁左右的儿子则在观察和领会他们周围的世界。我们把那个街角命名为"父子角"，每次看到他们，我们三人就会在车里欢呼雀跃，诺利（Noli）①则会在她的日志本上的"备注"里写下一些评论。

有时候，诺利会记录一些其他的事件，其中包括我们的汽车

① 作者的女儿马格诺利娅的昵称。——译者注

发生故障，我忘记带贝里（又回去拿）以及亨利流鼻血，等等。所有这些事情都记录在她的日志本上，供以后参考。

那一周是学期的最后一周。周五早上我们出发的时候，已经7：28了，比我们通常的出发时间晚了几分钟。

我的两个孩子上的那所学校的名字叫屋脊学校（Rooftop），位于旧金山地势最高的街区之一——双子峰区（Twin Peaks），距标志性的建筑物超级高塔（Sutro Tower）很近。通往学校的最后一段路位于居民区，弯曲狭窄，只有两个车道。

当我开车驶向学校的时候，我看到马路对面有一辆车停了下来。同时，紧急停车带上站着一名男子，好像要过马路。于是，我减速并停车，让行那名男子。然而，跟在我车后的那个司机不知道我为什么停车，于是她气势汹汹地用力猛按喇叭，发出震耳欲聋的噪声。

我绝不是"路怒族"。无论别的司机跟车太近、爱按喇叭还是具有攻击性，都只能使我的情绪与他们相反。他们跟得越近，喇叭按得越响，我就会开得越慢、越小心，而不是相反。

因此，我丝毫不理会后面那个司机。等我判断情况已经安全了，我就继续向前开。这时，她继续对我进行挑衅，猛按喇叭，大喊大叫。我对此的反应是，继续慢慢向前开，然后做"动作"。

在这里，做"动作"的意思是，当后面的车跟得太近、令人讨厌时，你就踩刹车，迫使后车司机也不得不踩刹车。这时，后车司机就会明白你的意思，离你的车远一点（不过这个动作挺危险）。然而，这个司机与众不同，她不但不保持车距，而且喇叭越按越响，更加火冒三丈。变本加厉的是，她越过双黄线，想要超我的车。要知道，这条道路弯曲、狭窄，距离学校不远，又正值家长开车送孩子的高峰期。因此，她的做法非常危险。

在7：42的时候（我知道准确的时间，因为我女儿在日志本上记了下来），我做了第二个"动作"——加速。

当她打算以危险的方式超我的车时，我突然加速，不给她留下返回正常车道的空间。我们一直开到了学校的"下车线"前面。这时，那位怒气冲冲的女司机的车被堵在对面车道，也无法返回正常车道，动弹不得。

大多数"路怒"事件的结果是，双方互骂，都认为错在对方，而自己没有丝毫问题。然后，各自继续开车上路，该干什么就干什么。

然而，我那天遇到的情况却迥然不同。

我把我的橘黄色宝马车停到路边，让女儿下车，然后准备把儿子送到中学区。这时，我看到那个女人气势汹汹地朝我的车走来。

她在我开着车窗的车门边停了下来，周围还有几十个学生家长、老师和交通管理员。那个女人朝我尖叫道："你差点让我撞到你的车！"听到这句话，坐在副驾驶位上的我的儿子朝我投来不安的眼神。显然，他在担心我的安全。

面对那个骂骂咧咧、火冒三丈的司机，我深吸一口气，努力控制自己的情绪。我对她说："女士，我觉得你应当做一个深呼吸，先冷静下来。"

对一个暴怒的人说"冷静下来"，应该是我说过的最不应该说的话之一。我看到，她的眼中好像冒着火苗，但我自己却动弹不得，无处可逃。为了"求饶"，我灵机一动，说道："我车上还有孩子。"这时，我突然意识到，她在车外，我在车内！如果我关上车窗，这场冲突就会结束了！因此，我的手向车窗的开关伸去，打算关上车窗。然而，车窗还没关上之前，她的右手已经挥拳打到了我的下巴和耳朵。"哎哟！"我惨叫一声。

我急忙启动车子，逃之夭夭，那个女人则站在马路中间，大声咒骂道："这就对了！快滚！"

周围的人目瞪口呆，我也无暇顾及脸面，只是加速向亨利的校园驶去，远离我引起的这场激烈的冲突。

当我把车停下，让亨利下车时，他问道："爸爸，刚才那个女士为什么打你？"这时，我意识到，我搞砸了。我本来希望给孩子们树立好榜样，但我内心深处的好斗本性却不受控制，暴露了出来。我只好向亨利解释道："哦，我开车的时候和那名女士斗气。她不该狂按喇叭，但我也做得不对。"

在开车去学校的过程中，我希望教给孩子们一些道理。很显然，那天早上发生的事情，给孩子们留下了深刻的印象——目睹他们的父亲做错事情，和一个怒气冲天的人斗气，并把一件小事升级为肢体冲突。

"或许，你应该不搭理她才对，是吗？"我儿子问道。

我回答道："是的，我做错了。"

在那个学年的最后一个夜晚，诺利在谷歌电子表格里面更新了她的日志（下图是她的一些相关记录），绘出了她一年以来收集的从家到学校这段行程的数据。我被打的那天早上的事件被记录了下来，目的是让后人参考，同时也是为了让我们记得这件事。5月27日；到达时间：7：42；备注：爸爸被人朝脸上打了一拳。

▲ 诺利的行程日志和统计分析

这件事发生后的第二周，我去看望住在洛杉矶的泰德（Ted）叔叔和玛丽安（Marian）婶婶，并把故事的整个经过给他们讲了一遍。由于刚发生不久，这个故事的"热度"不减，他们随后问的问题，也和我讲给其他人听以后遇到的问题如出一辙：

后来怎么样了？

那个女士惹上麻烦了吗？

你还好吧？

我最喜欢的反应来自泰德叔叔。他平静地走进屋子，再回来的时候手里拿着一颗看起来货真价实的手榴弹。虽然手榴弹看起来非常逼真，但我从他脸上得意的笑容判断，那是一个假手榴弹。他把手榴弹递给我，说道："如果下一次再碰到她，在她喋喋不休的时候，你就把这玩意儿举到车窗边。"泰德叔叔当然是在开玩笑，但听完故事后幽默地进行补充，完全符合他的性格。

随后，泰德叔叔讲述了一个他自己的故事。故事内容是他如何在军旅生涯结束时得到一颗作为礼物的"退役"手榴弹，以及他在之后的生活中什么时候用到了它。泰德叔叔的故事把我和他连接了起来。他的记忆被我的故事唤醒，进而他给我讲述了一个很棒的故事。我和泰德叔叔通过讲故事建立了连接，我给你讲述我挨揍的故事后，我们同样建立了连接，这些连接的本质是相同的。

　　总而言之，我的故事起到了故事应该起的作用。换句话说，通过讲述发生在自己身上的故事，我打开了交流的通道。正是由于这个原因，泰德叔叔、玛丽安婶婶、我的妻子和孩子们都能够回想起他们自己的故事。

▲ **作者和泰德叔叔合影**（摄于泰德叔叔用假手榴弹开玩笑后）

　　我们大家都讲故事，古往今来皆是如此。讲故事这种事情每天都在发生，这很自然，因为这就是我们做的事情。如果你有站上舞台、在聚光灯下讲故事的内在冲动，你就已经有了良好的开端。虽然讲故事看起来似乎很容易，但要把故事讲得精彩，还是需要一些技巧。

毫无疑问，每个人都有自己的故事和独特的视角。下面，让我们看一看，怎么做才能让故事（你的故事）变得更加精彩吧！

✎ 讲故事的技巧

虽然这不是一本讲述如何成为好父母的书，但我还是要向大家说明，由于我已为人父，我要讲述的一些故事会涉及育儿经验，包括下面这个故事。

我是《星球大战》的超级粉丝。在我的孩提时代，这部系列科幻电影激发了我的想象力，仿佛把我带到了遥远的银河系。作为一个成长于20世纪70年代的孩子，我非常喜爱《星球大战》的玩具和卡片。我甚至还让父母买来《星球大战》中角色的服装，在万圣节打扮成我最喜欢的角色的模样。

大学毕业后，我受聘于一家参与制作《星球大战》的公司，这家公司的名称为工业光魔公司。那是一份我梦寐以求的工作。我们团队的任务包括对20世纪70年代的原版《星球大战》进行数字化修复，并且，我们在20世纪90年代推出了"特别版"。我还参与制作了《星球大战》前传中的角色和生物。《星球大战》前传在正传上映20多年后推出，引起了极大的轰动。

我儿子亨利出生之后，我尤其感到自豪的是，我可以和他——《星球大战》的下一代影迷——分享对这部电影的感受。

他有自己的玩具和游戏，2岁时，他最喜爱的图书是《星球大战人偶档案》（*The Star Wars Action Figures Archive*）。这本书非常棒，按照角色进行编排，收录了所有《星球大战》中人物的人偶。

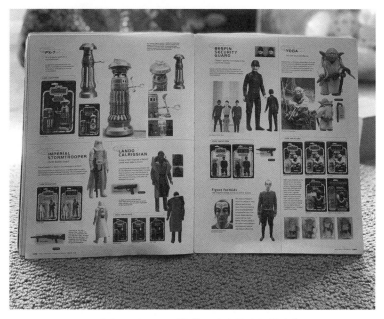

▲ 我儿子爱不释手的《星球大战人偶档案》

虽然亨利还不认字，但我耐心、仔细地把书中的内容读给他听。最终，凭着死记硬背，亨利能够叫出每个角色的名字，其中包括波巴·费特（Boba Fett）、汉·索罗（Han Solo）和阿克巴上将（Admiral Ackbar）等。

▲ 我和亨利一起读书

由于亨利年龄尚小，还看不懂《星球大战》系列电影，因此，在他的小脑袋瓜里，每个角色的重要性并无区别，卢克·天行者（Luke Skywalker）并不比达斯·维达（Darth Vader）、帝国军官（Imperial Officer）或马克斯·里博（Max Rebo）更加重要［在这里提醒一下，马克斯·里博是为赫特人贾巴（Jabba the Hutt）表演的同名乐队的主唱］。

那一年，圣诞假期即将来临，我在电商平台易贝（eBay）上浏览商品，准备给亨利购买礼物。我发现卖家正在出售大量的《星球大战》二手人偶。太好了！想到亨利将在圣诞节前收到礼物，拥有自己的玩具，我兴奋不已。

收到包裹后，在查看和整理商品时，我发现人偶的状况不一，有的有点脏，有的被踩坏了，还有一个人偶的整个脑袋都不见了。其实，对于二手商品出现这种情况，我并不感到意外。有一天，我和亨利一起浏览《星球大战人偶档案》的时候，我发现他在贝斯平星护卫（Bespin Security Guard）人偶那里停留了很久——脑袋"失踪"的，正是那个角色的人偶。

我万分纠结，不知道是不是应该把这个头部缺失的人偶与其他人偶一起作为圣诞礼物送给亨利。我想，如果送的话，最好还是掩饰一下。

"你知道，亨利，"我说道，"有时候，贝斯平星护卫是没有脑袋的。"亨利眯着眼睛，看了书中那张贝斯平星护卫人偶的图片最后一眼，耸了耸肩，把那一页翻了过去。看到小小年龄的他，像我小时候一样吸收着科幻世界的信息，我感到非常惊喜。

平安夜终于来临。吃过晚饭，我们让孩子们上床睡觉，等待圣诞老人的到来。由于亨利年龄太小，我和妻子没有打算让他自己打开礼品盒，而是精心地把所有人偶摆成一组，让他第二天早上去找它们。

我们家的传统有点独特：家长会播放"毛驴多米尼克"（Dominic the Donkey）这首圣诞颂歌，提示孩子们可以从房间出来了。"毛驴多米尼克"是一首关于西西里毛驴多米尼克帮助圣诞老人运送圣诞礼物的塔兰泰拉（Tarantella，意大利舞曲的一种）乐曲。这是一首意大利乐曲，非常欢快，恐怕也是最鲜为人知的圣诞颂歌。

乐曲开头的手风琴和弦响起后，孩子们打开门，冲向他们的圣诞礼物。亨利跑向了壁炉架，当他看到他最喜爱的《星球大战人偶档案》中的人偶真的摆在那里的时候，他嘴巴张得很大，目光锁定到了人偶上面。他兴奋地蹦蹦跳跳，无意间打翻了一些事先精心摆放的人偶。与此同时，我连续按动相机快门，捕捉住了亨利发现礼物后兴高采烈的瞬间。照片虽然有些模糊，但值得珍藏。

▲ 亨利和他收到的圣诞礼物

过了一会儿，亨利俯下身子，查看这些人偶，第一次与这些以前只在书上看到过的人偶亲密接触。他兴奋地高喊：

"我有马克斯·里博！"

"太好了！"

"我还有达斯·维达！"

"太棒了！"

突然，他停了下来，朝我喊道："爸爸，爸爸！我还有没有脑袋的贝斯平星护卫！"

就在那一刻，一颗泪珠顺着我的脸颊滑了下来。"是的，太棒啦！"我回应道。

从那时起，这个无头人偶一直是我们最喜爱的玩具之一。在亨利和我的想象之中，这个没有脑袋的小人偶过着更加丰富多彩的生活，精彩程度超过任何人的想象，无论是在我们所知的银河系，还是在更加遥远、浩瀚的星河。

虽然这个故事并非完美的案例，但还是让我们借助它讨论一下讲故事的技巧。

就我们收集的物品或我们周围的物品而言，它们在我们心中价值的高低取决于我们赋予它们多少价值。在这个故事中，贝斯平星护卫人偶是个已经被损坏的玩具，是个被弄坏的物品，我完全可以将其一扔了之。然而，通过改变对它的叙述，我改变了它的命运。在我儿子亨利的心目中，贝斯平星护卫和其他角色的人偶同样重要，即使没有脑袋，它也仍然魅力不减。

▲ "有时候，贝斯平星护卫是没有脑袋的"

　　讲故事的"技巧"，能够让我们抓住某个瞬间，并赋予其更大的意义，就如同我的儿子得到圣诞礼物的那个瞬间一样。这个更大的意义，就是那个瞬间反映出的更具吸引力的东西。

　　其实，我原本可以不介绍故事的详细背景，用更简单的方法讲述这个故事。我可以这样写：有一年，我送给儿子许多《星球大战》人偶作为圣诞礼物，其中一个坏掉了，但他仍然喜欢它。

　　如果我那么写,这个故事还能体现出同样的感觉和情感吗?你会在一天、一周或一个月后还记得这个故事的哪怕一点点内容吗?我认为,答案是否定的。讲述故事的时候,我们需要让背景、角色和情感渗透到经历或记忆当中,并使得这些背景、角色和情感赋予故事更大的意义。就我刚才所讲的故事而言,"把一个损坏的玩具当作圣诞礼物送给孩子"本来是个简单的动作,但我赋予了它更大的意义。因此,我们在讲述故事时,最好能够刺激听众产生共鸣,唤起他们类似的情感或记忆。正是这种效果使得故事超越其本身,在讲述者与听众或读者之间建立连接。这样的话,故事就不再仅仅是讲述者自己的经历。在理想的情况下,这样的故事能够成为连接人们的生活和经历的"连接器"。即使是在最差的情况下,也能让人们得到愉快的消遣或产生情感共鸣。

　　就故事类型和影响范围而言,这个故事和前文"我的脸遭重击"的故事存在很大差别。在社会和文化方面,这两个故事都有各自的潜在意义。第一个故事更多的是谈论我们生活的时代:父母忽略了自己的孩子;陌生人之间缺乏尊重,态度冷漠,甚至大打出手。第二个故事则重点关注家长和孩子之间如何创造生活乐趣和意义,但就对社会的评判而言,力度较弱。

　　我认为,"贝斯平星护卫"这个故事表现的是"可爱的存在主义"。它是一个原本没有太多意义的故事,然而又创造了意义。商家寄过来的人偶已经受损，这个人偶可能被丢弃，进而失去意义；也可能提供了一个讲故事的机会，而这个故事创造了更大的意义。一个坏掉的人偶把消极转变为积极，父子之间的连接也因此而建立起来。因此，故事的重点在于讲述，在于故事如何能够改变局面，以及如何改变一个人对其周围事物的观点和视角。

我教授如何讲故事的课程已经很多年了。我发现，许多学生开始上课的时候，经常认为："我有很多好故事，我只是需要一个场合把故事讲出来而已。我已经为我的单人表演做好了准备。"然而，当他们开始讲故事的时候，听众很容易判断出来，他们的生活很有趣，有非常丰富的、值得关注的经历。然而，听众也很容易察觉出来，他们的故事生涩、粗糙，让听者难以跟上他们的节奏，并且故事缺乏连贯性和催生变化的瞬间。总而言之，缺乏专业打磨的故事听起来丝毫不像故事，而只是毫不相干的记忆，而记忆本身并不是故事。

那么，对听众而言，记忆和故事听起来有什么不同的感觉呢？

记忆听起来松散、孤立，没有太大意义。它们是你或你周围的人遇到的事情，这些事情在你的记忆中具有重要性，因为你记得当时的感觉，包括意外、震惊、伤痛、爱和损失等。然而，当你把这些事情讲给你的朋友（或同学、同事等）时，如果缺乏背景和视角，这些所谓的"故事"通常会效果不佳。

与此相反，听故事则会是一个变革性的经历，是一种"中断"。这种经历和"中断",对你的生活可能产生深远的影响。

借用纳撒尼尔·多斯基(Nathaniel Dorsky,美国著名编剧、摄影师、制作人和导演)在其著作《虔诚的电影艺术》(*Devotional Cinema*)中的学术观点,听故事可以"让我们颠覆对世俗的认知,揭示我们的内心,帮助我们更全面地感知自己以及周围的世界"。

这使我想起了我现场听故事的感觉。在听故事的整个过程中,我忘却了自我,完全沉浸在讲述者的经历之中。在享受这一过程的同时,我还会对我本人以及自己的经历进行反思。

我希望我讲述的故事也能对听众产生同样的效果,恐怕你也有这样的希望吧。

让我们再次回到前文"我的脸部遭重击"的故事。这个故事发生在我身上,但同时也发生在我的孩子的面前。他们目睹了整个过程,并在此基础上形成了他们自己的记忆、情感以及结论。

我的儿子亨利后来向我们一个共同的朋友描述了那天早上发生的事情。下面是他的描述,一字不差:

当时,这个学年还有大约一周就要结束了。那天早上,我们像往常一样开车去上学。不久,我们距离学校只有一个街区了,开车的是我爸爸。这时候,有一个人想上他停在马路边上的车。与此同时,对面车道驶来了一辆大卡车。所以,我爸爸就等着那个人上车。但是，我们后面也有一辆车，并且距离很近。

之后，我爸爸做了第一件傻事，他突然踩了刹车，惹怒了后车司机，她试图超过我们的车。后来，我爸爸又做了第二件傻事：他加速向前开。这样，那辆车就被困在对面车道上，我爸爸则继续开车送我们去学校。

之后，我们就到了学校门口，我爸爸把车停到路边，让诺利下车。这时，我们看到一位怒气冲冲的女士从马路上走过来。然后，我爸爸摇下了车窗。

"你不能那样猛踩刹车！你不能那样做！"她朝我爸爸喊道。

我当时坐在前排，所以我知道她就是那个后车司机。然后，我爸爸说："好吧，我觉得你有'路怒症'。你需要深吸一口气。"听到这句话，她暴跳如雷："不要告诉我深吸一口气！"这时，我很害怕，因为我不知道她接下来要做什么。

之后，我爸爸说："我车上有孩子。"那位女士则说："我车上也有孩子！"她是我们学校里一个学生的妈妈。那个时候正是学生们到达学校门口的高峰期，校长也在那里。周围有许多校车，还有很多父母把车开到路边，让孩子下车。同时，周围还有很多老师。每个人都在朝我们这里看。

之后，那个女士把手伸进车窗，挥拳打我爸爸！不过，我爸爸躲了一下，拳头打到了他的后脑勺上。不管怎么说，她朝我爸爸打了一拳。

之后，我爸爸就把车向前开。那位女士则说："你想压伤我的脚吗？"她站在马路中间，大骂不止，骂得非常难听。然后，我们只管开车走了。后来我才知道，那位女士是我们班一个同学的妈妈。这太不可思议了。但是，幸运的是，我没有迟到。

我和亨利对同一件事进行了描述，你注意到两个版本的异同了吗？我们两人都提到了哪些地方？摈弃了哪些信息？事实上，除了"我挨打"这个高潮部分，几乎所有的地方都有不同！下面，让我们具体看一下差别在哪里。

两个版本的结构（从故事的开头到结尾）不同。

在我的版本中，我按照我们的平常日程，选定了故事的开始和结束时间。我在前面已经介绍过，我的孩子们每天都记录我们离开家和到达学校的准确时间。他们还记录路上发生的趣事。实际上，我在前面提到过那一天的记录。我当时是这么写的："我被打的那天早上的事件被记录了下来，目的是让后人参考，同时也是为了让我们记得这件事。5月27日；到达时间：7：42；备注：爸爸被人朝脸上打了一拳。"

在亨利的版本中，他几乎一下子就跳到了故事的重点部分："不久，我们距离学校只有一个街区了，开车的是我爸爸。这时候，有一个人想上他停在马路边上的车。"在结尾方面，他以自己的视角结束了故事："幸运的是，我没有迟到。"

两个版本中，人物的对话也稍有不同。

在我的版本中，我记得那个女士是这样说的："你差点儿让我撞到你的车！"

亨利描述的对话则是这样的："你不能那样猛踩刹车！你不能那样做！"

两个版本的结尾部分，即故事如何结束以及是否结束，也大相径庭，相去甚远。

我的孩子当时还在上小学和中学，我在这里不是要去嘲笑他们讲故事的能力。我只是举个例子，目的是强调为什么通过修改、加工、润色、讲述和表演，我们能够做到让故事更加精彩、有力、有效和具有长远的影响力。

然而，有些人也许会更喜欢亨利的版本！他们认为他的版本天真、真实，是一个孩子眼中的故事。应该说，持有这种观点的人恐怕没有理解什么是真正的故事。

那么什么是真正的故事，正是我在本书中将要深入探讨的问题。同时，我还将给你提供练习的机会，帮助你润色故事内容，提升讲述技巧。

📝 讲故事的作用

故事具有强大的说服力。故事能够让人们决定是购买这家公司的产品，还是另外一家公司的产品；是聘用这个人，还是聘用其他人；是与这家销售商合作，还是寻找更合适的合作伙伴。

在工作中，许多人都需要在众人面前做报告、展示和介绍，有时候还需要借助图形和表格来完成。

让我们以展示为例。无论是在上学时还是工作时，我们中的大多数人都是展示的"接收方"。请回忆一下，在你看到的展示中，有哪些特别突出，成功改变了你的观点或思想？与普通的"推销者"相比，那些做展示非常成功的人有什么不同？他们在哪些方面做得更好？

是他们的图表做得更漂亮吗？我想，漂亮的图表也许有点作用吧。

我认为，把糟糕的展示转化为好的或优秀的展示，最有效的方法之一就是讲好故事。如果一个故事能够连接两个朋友，那么它同样能够在连接陌生人或商业伙伴方面有好的效果，甚至要比电子表格或演示文稿图表强得多。

如果别人告诉我们的数据或事实与我们没有情感上的连接，我们的大脑就不愿储存它们，而故事恰好可以建立情感连接。这是因为，故事赋予经历意义和情感，进而让人们建立连接关系。

当亨利参与学生会财务委员的竞选时，他需要在全体师生面前演讲。当时，其他的参选学生都在演讲中大谈"竞选承诺"：

"如果我当选，我们将有更长的运动和玩耍时间。"

"如果你们把选票投给我，我将要求学校在每一间教室装上风扇！"

"选我吧！我们每周五都将举行比萨派对！"

我则鼓励亨利讲一个故事。最终，他在竞选演讲中讲述了这样的故事：

在屋脊学校上一年级的第一天，我在校园里迷了路，不知道我的教室在哪里。当时，我只认识克鲁兹（Cruz）老师，我知道的唯一班级是她的学前班，因为那是我以前所在的班级。于是，我就去了克鲁兹老师的班级。她把我带进教室，让我坐到沙发上。后来，我就睡着了。从那一天起，我知道，我们学校是一所充满爱心的学校。

我从学前班开始就在这所学校上学，对它了如指掌。我的经历表明，这所学校给了我太多太多。因此，我希望有机会回报她。我的名字叫亨利·罗森（Henry Rosen），我参选学生会财务委员。

再次提及这个故事，使我又一次感受到了故事在"推销情景"中的强大力量。是的，亨利发表演讲，同样是一个"推销情景"。我认为，无论什么时间，如果有人给你讲述了一个故事，并改变了你的思想或行为，你就被推销了某种东西。

我并不是说亨利试图用他的故事去操纵别人，但可以确信的是，他是在推销——推销他本人。正是由于他讲述的故事，他"成交了"——成功当选学生会财务委员。

在亨利的竞选演讲中，他分享了个人的一次经历。当时，他感到脆弱无助，担惊受怕。他的绝大多数同学，甚至所有同学，都经历过这种感觉。他的那次经历让他有所感悟，并且，他把那种感悟与他所推销的"产品"结合了起来——他推销的"产品"是：他对学校的爱、责任、义务以及希望通过在学生会工作去回馈学校的愿望。

亨利最终赢得了竞选，原因是他给予了学生们所需要的东西。好的故事绝不仅仅是一系列有趣的事件，而是被讲述后能够为他人的生活创造或阐明意义的故事。就亨利的故事而言，他的同学们听后会有这样的感悟："亨利热爱这所学校，我也同样如此。我希望选出像他这样的同学去代表我。"

在当今世界，故事无处不在。当你坐车通勤时，车上的广告在讲故事。当你在开车时，车载收音机播放的广告在讲故事。当你、你的朋友或孩子上课时，老师同样在讲故事。越来越不言自明的是，除了"娱乐"的功能，讲故事是在商业、约会等多种场合进行沟通的有效途径。因此，学习本书介绍的有关讲故事的技巧并在实际中加以应用，将使你受益匪浅。

在前文中讲述自己故事的过程中，我应用了一些方法并进行了分析。在后面的章节中，我将帮助你使用这些方法。这将有助于你对自己的故事的意义进行思考、分析、打磨和升华，进而更好地分享你的故事。

✏ 讲故事的乐趣

通常，在我的课程的第一节课上，我会组织学生们玩一个游戏，这个游戏的名称为"这使我想起了……"。

这个游戏的规则是，两人结对，其中一人在听到组长（或另外一个游戏参与者）给出的提示词后，说出一个由这个提示词而想起来的、简短的记忆片段。

例如：听到"奶酪"这个提示词后，一位游戏参与者说："奶酪使我想起了，在我还是个小孩子的时候，有一次我定了一个达美乐（Domino's）比萨，让他们送到一家中餐馆（这是真实的故事）。"

然后，另外一位游戏参与者无须对这个故事再进行任何描述，而是使用"这使我想起了……"这个句式，说出另外一个记忆片段，但这个新的记忆片段必须与同伴此前说出的记忆片段有一定的联系。

例如：这使我想起了，有一次我们全家去一家中餐馆为我的叔叔庆祝生日。

记忆片段之间必须有比较清晰的连接关系（例如上面两个记忆片段中的"中餐馆"）。此外，新的记忆片段不一定必须是非常有趣的故事，也无须与前面一个记忆片段的整体都相关，更无须进行解释或详细描述。

然后，按照这样的规则，持续进行下去。

叔叔……这使我想起了我叔叔第一次带我去赛马场的情形。

赛马场……这使我想起了我在开车横跨美国的公路旅行中欣赏的那场牛仔比赛。

公路旅行……这使我想起了有一次我和前任对象开车长途旅行，我们大吵了一架。

吵架……这使我想起了我和前女友吵架后，最终分手时所去的那家餐厅。

……

在做这个游戏时，一个好的"惯例"是，每一个记忆片段都应该增加一些特定的信息，并且具有"独立性"。这样的话，同伴可以利用刚才的特定信息去唤醒记忆，讲述下一个记忆片段。请注意，要避免说出"这使我想起了发生在我身上的'同样的事情'！"这样的话。如果你确实经历了"同样的事情"，讲的时候要更加具体一些，例如：

这使我想起了，我的前女友在一家寿司店甩了我——那是一家回转寿司店，传送带上的餐品一大圈一大圈地转来转去。

增加细节可以避免出现"死结"，有利于游戏进行下去。在上面的例子中，讲述者提到的新内容，可以帮助另一人想起关于寿司或餐厅的故事。

这种"构思"游戏，可以快速地（并且经常很滑稽地）唤醒你生活中的那些出人意料和"隐藏"的故事素材。

即使对于那些说"我没有任何好故事"的人来说，这个游戏也非常有趣。我们都有大量的记忆、经历和情感往事，借助恰当的工具，它们都可以从"好主意"或"曾经发生过的事"被加工提炼成"好故事"。

正如我在前文中指出的那样，"好主意"或"曾经发生过的事"与"好故事"之间的差别在于故事的讲述方式与故事情节的展开。类似"我的前女友在一家寿司店甩了我——那是一家回转寿司店，传送带上的餐品一大圈一大圈地转来转去。"这样的描述，还称不上是一个故事。

有人认为，把某个记忆或主意加工提炼成故事是一项"工作"，因而有时会因为感到害怕而畏缩不前。其实，讲述自己的真实故事，是不需要做什么"工作"的。要知道，克服恐惧心理的简单秘诀，就是大胆地把故事讲给别人听。

例如，根据我的经验，我的那些说自己"没有为本周的故事做准备"或"没有故事可讲"的学生，毫无例外地都能够在课堂上回忆起自己的故事，或者在再次讲述过去的故事时，发现他们自己回忆起了经历中的情感和细节，并与之重新建立起了连接。

再比如，在伯克利市（Berkeley）举办的一期"飞蛾讲故事大赛"（Moth StorySLAM）[①]中，一名男子被选中登台分享他的故事。那天比赛的主题是"坦白"。此前，那名男子临时决定，把写有他名字的纸条放进用于抽签选出演讲人的"帽子"里面。他只是想碰一下运气，但觉得自己不会被选中。然而，他却被选中了。他登上台，一开口就吸引了听众的注意力。他是这么说的：

----

① 飞蛾故事会（The Moth）是美国的一个组织讲述真实故事的团体，其名称来源于过去人们围坐在门廊的灯光下分享故事时，蛾子在灯光周围纷飞的情景。"飞蛾讲故事大赛"是这个团体组织的活动。——译者注

"在我的一生中,我从来没有对任何人讲过这个故事。今晚,我将和我的两个女儿、其中一个女儿的男朋友和他的妈妈以及在座的各位一起,分享这个故事。"

这时,听众的胃口已经被吊了起来,并且不知道他要讲述什么样的故事。这名男子显然对他将要"坦白"的事情感到害怕,但好像他同时又觉得,能够在400名购票入场的陌生人以及自己最亲近的人面前,把心底的秘密吐露出来,是一件令他感到既紧张又喜悦的事情。这种情形,使得全体听众都在聚精会神地期待他将要讲述的故事,听他分享他的生活经历。

实际上,当我们重新讲述真实的故事时,是不需要做什么加工的。这是因为,当我们回忆对我们有影响的生活经历时,我们是在收获故事带给我们的欢乐、痛苦和其他具体的情感。通过讲述故事,给过去的经历赋予意义,能够把我们与周围的人连接起来,无论他们是无话不谈的密友,还是素不相识的陌生人。

🗒 练习:这使我想起了……

请独自或与一个朋友一起做这个练习,可以大声说出来或写到纸上。

提示词:_____

这使我想起了： _____

_____

_____

这使我想起了： _____

_____

_____

这使我想起了： _____

_____

_____

这使我想起了： _____

_____

_____

这使我想起了： _____

_____

_____

这使我想起了： _____

_____

_____

_____

这使我想起了： _____

_____

_____

_____

这使我想起了： _____

_____

_____

_____

这使我想起了： _____

_____

_____

_____

这使我想起了： _____

_____

_____

_____

这使我想起了： _____

_____

_____

_____

这使我想起了： _____

_____

_____

_____

这使我想起了： _____

_____

_____

_____

YOUR STORY, WELL TOLD

第二章

什么是故事

✏️ 故事的定义

按照英文字典的定义，故事是一个名词，它指：

（1）为了娱乐的目的，对虚构和真实存在的人物和事件的描
述。同义词：历险记、叙事、描述和轶事。
（2）对某人生活中的往事或某个事情演变的描述。例如：
"现代农业的故事"。

但是，故事到底是什么？故事仅仅是为了娱乐的目的，对人
物和事件的描述吗？当然不是。对某人生活中的往事或某个事情
演变的描述，或许可以被定义为故事，但可以肯定的是，这种描
述没有给予人们故事的感觉。

在第一章中，当我的儿子亨利讲述我挨打的那一天的事情
时，他不是在讲故事。他只是在讲述一个没有太大意义或没有特
别视角的记忆，只是给他的听众叙述事情，而听众包括家人和密
友等。当我们作为听众听一个人讲述记忆中的事情的时候，我们
会表示认可，因为我们理解这些事情，能够填补上那些记忆的空
缺，给予它们意义并建立连接。然而，如果听众的范围扩大的

话，这种连接就很难建立起来。

实际上，亨利对那一天所发生的事情的描述，只是一个表达，而不是一个故事。就我的感觉而言，他的讲述是完美的。他讲述的是一个12岁的孩子对所见所闻的感觉，即使是成年人也可能用同样的方式向好友进行描述。这种描述是一种互动，同时也有一定的细致程度，能够说明讲述者对事情的印象。然而，这种描述还称不上故事，至少以亨利描述的状态还不是！

在你把对事情的描述加工提炼成故事之前，你其实没有拥有真正的故事。我们知道，并不是每个富有幽默感的人都能表演单口相声，因为单口相声需要技巧，讲故事也同样如此。

故事与"发生过的事情"之间存在一个重要的区别，那就是某件事或某个人一定会因为故事而改变，或者被改变。无论是以剧烈还是柔和的方式，世界由于故事中所描述的事情而变得与此前不同。这种改变可以是内在的（比如"我不再以此前的方式看待她"），也可以是外在的（比如"我辞了工作，更换了职业，并且不再回忆过去的职场"）。这种改变可以影响你的个人世界（比如"我意识到，我的女儿长大了"），也可以影响我们生活的世界（比如"得益于这次发现，6万人每天都可以得到清洁的水"）。

把"想法"转化为"故事"并非易事。有时候，我们认为的"故事"，或许只符合字典对"故事"的定义（对某人生活中的往事或某个事情演变的描述）。

下面，我再介绍一些作家对故事的定义：

故事是一系列的事件。这些事件在一个地方开始，结束于另外一个完全不同的地方，但过程是连续的，没有较大的中断。

——兰德尔·贾雷尔（Randall Jarrell），美国诗人

《故事选集》（*Book of Stories: An Anthology*）

故事应当完成某件事并到达某个地方。

——马克·吐温

《马克·吐温选集：小说、短篇故事、演讲和信件》

（*The Mark Twain Collection: His Novels*,

Short Stories， *Speeches*， *and Letters*）

"叙事"描述发生过的事情，而"故事"的讲述需要理由，需要把对事件的叙述提高到新的高度，进而揭示或反映事件的意义。

🖊 故事的共性是什么

让我们回顾一下前面的章节所讲述的部分故事，研究它们的共同点：

- "我的脸部遭重击"的故事。

- "损坏的《星球大战》人偶"的故事。

- "学生会选举"的故事。

以下为它们的共同点（每小项与这3个故事顺序一一对应）：

角色：

- 以上所有的故事都有主角：

    ◎ 我和愤怒的女司机。

    ◎ 喜爱《星球大战》的孩子。

    ◎ 感到害怕的一年级学生。

- 所有的故事都有配角：

    ◎ 旁观者、学校管理人员、其他孩子。

    ◎ 易贝卖家。

    ◎ 学前班老师克鲁兹女士。

冲突：

- 内在冲突：

    ◎ 我在孩子面前以身作则了吗？

    ◎ 我对自己的孩子撒谎了吗？

    ◎ 我迷路了吗？

- 外在冲突：

◎ "路怒症"导致肢体冲突。

◎ 买家应该意识到购买二手和受损商品的风险。

◎ 学校里所有的教室看起来都一样。

变化：

● 内在变化：

◎ 我得到了一个教训，那就是别去惹蛮横的人。

◎ 人对物品的价值的感知是主观的。

◎ 我感觉到了学校的温暖。

● 外在变化：

◎ 儿子教给我的道理让我改变了我的行为习惯。

◎ 儿童能够从他们的想象中获取快乐。

◎ 我能够回馈学校师生。

然而，什么才是"好故事"呢？

仅仅有角色、冲突和变化，并不一定能把一个故事"讲好"，对吗？

在前文的故事中，任何一个故事都有可能在有角色、冲突和变化的情况下，由于讲述方法的问题，而成为被讲得很差的故事。

下面是一个（我自己举的）讲故事讲得很反面的例子：

通向学校的那条街道弯曲狭窄。有一次，我送孩子们上学时，一个女士开车跟在我们后面，距离非常近，她还不停地按喇叭。她试图超过我们，但我加快了车速。她非常生气。她朝我脸上打了一拳。

　　这个故事确实拥有角色、冲突和变化这3个故事要素，但实际上缺失了许多其他要素。

　　关于如何判断一个故事讲得好不好，似乎会有争议，但绝不是"我听了以后就能判断出好坏"那么简单。

　　按照罗伯特·麦基（Robert McKee，美国编剧、作家、导演）在其经典著作《故事》（*Story*）中的论述，除非"讲得好"，否则，"好故事"毫无价值。

　　下面让我来列举一些刚刚提到的那3个故事中的一些要点（每小项与3个故事顺序——对应）。

角色：
- 压力沉重、急急忙忙送孩子上学的、大发脾气的家长。
- 一位虚构事实、向信任他的孩子隐瞒实情的爸爸。
- 在不熟悉的校园迷路的一年级小学生。

冲突：
- 开车送孩子的我与后车司机发生了冲突。
- 我觉得有必要说个善意的谎言，以带给儿子一个喜悦的圣诞节早晨。

● 我迷了路，感到很害怕。

变化：

● 这个经历说明了转换视角的意义。我在开车的时候也可能是一个蛮不讲理的人。

● 创造性或许比金钱更有价值。

● 学校给予我温暖，我希望回馈学校。

当一个故事从"叙事"的初级状态展开的时候，可以对上述要点进行修饰、渲染和提升，以便使它们符合故事的进展。如同在食谱中添加香料一样，在使用这样的技巧的过程中，使你叙述的事情完整并得到升华，进而演变成丰富多彩、值得分享的故事。

那么，我怎么才能知道我的故事是否是"好故事"呢？

判断故事的优劣，有一个非常实用的方法，那就是把你的故事讲给别人听。他们喜欢你的故事吗？如果喜欢的话，他们喜欢故事的哪些方面呢？

你的故事的精彩之处将会使听众聚精会神，他们会微笑、点头或者哭泣；那些与听众无法连接的部分，则起着相反的作用，他们会四处张望、心不在焉、眨眼睛，或者面带疑惑地歪着头，在你认为好笑的地方，你也听不到期待的笑声。

讲故事是一种技巧，提升这种技巧的最佳方法之一就是多讲。无论听众是否在现场，也不管听众的人数多少，他们是你最好的判断指标，你可以从他们的反应上判断出故事的哪些部分比较精彩，哪些部分需要改进。

很重要的一点是，在构思故事的各个阶段，都应该把故事讲给别人听。即使故事还很生涩或者仍在润色的过程中，也是如此。这一点我们将在下一章进行详细讨论。我在这里想指出的是，正是听众的反应给了你认真和真实的反馈。正是得益于多次试讲，真正的乐趣（或者工作）才能开始。

下面，我要讲述一个故事，这个故事我将在本书后面的章节中多次提及。它和我在"飞蛾讲故事大赛"以及"飞蛾广播故事会"（The Moth Radio Hour）所讲的版本完全一致。我将保留诸如"嗯"等无意义的口头禅，以重现现场的真实情景。坦率地讲，我曾想对这个故事的文字版本进行润色，但后来打消了这个念头。我最终决定，把故事的录音版本记录成文字，原原本本地呈现在这里。

上面是我的"免责声明"。下面就是故事的文字版，它是一个关于我表哥诺曼（Norman）的故事，故事的题目为《秘密》（*The Secret*）。

我今晚故事的主角是我的表兄诺曼，全名诺曼·韦纳（Norman

Weiner），这是他的真名。

诺曼于8月1日去世，终年82岁。他的去世出人意料——他也不知道他将会死去。他的死亡不属于"你已经病了很长时间"的情况。当时，嗯，他身上有个肿块，于是他就去医院检查。那是一种常规检查，检查后，医生们决定把肿块取出来，之后他们把它取出来了！肿块是良性的，但刀口却感染了。感染引起了肺炎，而肺炎最终要了诺曼的命。

诺曼的去世令我非常伤心，因为我和他的感情非常深。在某种程度上，我还是我们家族在美国西海岸的代表。我们家族的大部分人都搬回美国东海岸去了，所以大家就指定我作为代表，使松散的家族关系变得紧密起来。正是由于这个原因，诺曼去世后，我去了他的公寓，算是去收拾他的遗物吧。我要做的事情是，决定保留诺曼的哪些东西，扔掉哪些东西，以及要挽回哪些东西。类似这样的事情……

正是在那个时候，我发现了诺曼的秘密。

接下来，我先给大家介绍一下诺曼。诺曼是一个不容易让人忘记的人。他的个子很高，这在我们家族中非常罕见。我们是犹太人，大多数都是中等身高，最高也就5英尺8英寸（约为1.73米）或5英尺9英寸（约为1.75米）的样子。然而，诺曼的身高大约为6.5英尺（约为1.98米）。他大耳朵、大鼻子，还戴着一副宽大的眼镜。

他经常会给我讲这样的故事："哦，科里，我要给你讲一讲我看过的一场精彩的电影。电影的名字叫《七宗罪》（*Se7en*），是一部悬疑片。科里，这部电影很吓人，是一部非常令人恐惧的悬疑片。电影结束后，我去找我的太阳镜。我最后发现，太阳镜就在我的脸上！科里！"

诺曼生前是一位教师，在高中教了一辈子英语。他没有结过婚，也没有生活伴侣。所以，他总是一个人旅行。他会根据学校的时间安排，在暑假进行长途旅行。

他是个节俭的人。你知道，他尽量节省每一分钱。他会选择跨越大西洋的转港轮船做交通工具。你知道我在说什么，因为转港轮船的票价比较便宜。他还会选择青年旅舍，与背包客住在一起。即使他，嗯，已经是一位老人了，但他也不在乎。他确实不在乎。

他喜欢戏剧、电影和歌剧。他喜欢艺术，关注和欣赏艺术作品。他不讲究舒适享受——你知道，有的人喜欢住在万豪酒店（Marriott）的行政套房。但他不在乎这些，他更喜欢看新鲜的事物，你知道，比如到不同的地方，增长见识。

然而，在我们的家族，嗯，很多人觉得他有点……他们说他的坏话，说他是一个吝啬鬼，小气鬼。他们还会贬低他在生活中所做的决定。他们这样谈论诺曼，我觉得非常不应该，因为我喜欢他。

诺曼经常给我们讲有关戏剧、电影和歌剧的故事，逗我们开心，因为他太喜欢表演艺术了。他会对我说："科里，我见到劳伦斯·奥利弗（Laurence Olivier，英国演员、导演）了！在英国老维克剧院（The Old Vic），他扮演哈姆雷特。哦，太棒了！"你要知道，他记得所有的事情！

大约10年前，我筹办了名为"肛门的独白"（The Asshole Monologues）①的故事会。那是一个支持克罗恩病②研究的慈善项目。克罗恩病会引起肛门的病变。诺曼知道这件事情之后，就对我说："科里，我想写一个莎士比亚戏剧著作里面的坏人的独白！莎士比亚戏剧里面有太多的坏人！理查德三世，真是一个大坏蛋！"他确实写了这样一个独白，还进行了表演。他做得真是太棒了，我特别喜欢。

诺曼还和我的儿子共同庆祝生日。他们的生日只差一天，所以当亨利1岁的时候，亨利的1岁生日和诺曼的80岁生日是一起办的。那场生日派对与众不同，令人难以忘怀。他当时是坐火车来的，因为那是从长滩市（Long Beach）到我们家最便宜的交通方式。他就睡在我们家的客厅。他的来访给大家带来了无尽的欢乐。后来，我和诺曼又见了几次面。可之后不久，他就去世了。

所以，我就去了他的公寓，独自一人。嗯，我就进了他的

---

① 双关用法，也可理解为"坏人的独白"。——译者注
② 一种肠道慢性炎症性疾病。——编者注

公寓，清理他的房间。我当时有一种奇怪的感觉。你们知道，这种感觉是当，嗯，你正在……我不知道你们当中是否有人曾经做过这样的事，这是我第一次做这种事——清理遗物，决定留下什么，扔掉什么。并且，我好像在问自己："秘密在哪里？"

你知道，我当时很伤心。同时，嗯，我独自一人在整理别人的东西，这使我考虑这样的问题，即如果人们有一天到我的房间里整理我的遗物，会发生什么。嗯，如果我去世之后，别人来整理我的个人物品时，发现我有400个水晶球，一箱随机拍摄的照片，以及藏在冰柜里的一小袋东西，这时候，人们会怎么评价我呢？

你不久前还拥有的东西，认为重要的东西，"已经不重要了"。

这种感觉真是令人心痛不已。

因此，虽然我已经预订了回家的机票，但我最后没有坐飞机，而是租了一辆车。我把诺曼的东西塞进汽车，然后开了一夜的车，在黎明的时候回到了家。此前，我在诺曼曾住的公寓里待了大约20个小时，整理他的东西。回到家之后，我查看了他拍摄的所有照片，并把它们储存在旋转储藏架上。

诺曼在世时曾去过几十个国家旅游。他的护照多达10本，上面贴满了签证，盖了各种各样的章。我能够从那些照片中了解他的人生。或者说，我能够通过他的眼睛和他的旅行了解他。他拍摄的照片，让我感慨万千。那些照片，嗯，并不是他站在有意义的东西前面的照片，照片的内容是"他看见的东西"。老实说，那些照片很"糟糕"。你知道，类似那些游客刚下旅游大巴后拍摄的照片。浏览这些照片，我感到怅然若失，百感交集。

接着，我看了诺曼的遗嘱。秘密就在那份遗嘱里面。从他的遗嘱中，我们可以知道他很富有。我可以继承一部分遗产，我的那些看不起他、称他为吝啬鬼和守财奴，并且从来没有善待过他的那些"讨人厌的"亲戚们，也都在继承人名单里面。可是，我不想要诺曼的任何东西。

我只是爱诺曼，我爱他原原本本的样子。还有，诺曼不想死，也没有打算死。他的钱足够他进行20年的豪华游，但他却把钱省了下来，留给了亲戚们，其中包括我和我的家人。现在，我的孩子们有了上大学的学费。我真的非常思念他。

🖊 故事的结构

在讨论"故事的结构"时，我首先要澄清我对故事结构的观点和策略。那就是，没有一个故事结构"放之四海而皆准"。每个故事都应该有（也经常要求有）最适合它的策略和方法。

请想一想你最喜爱的书、戏剧或电影，不仅是想一想，还要对它们进行分析，分解它们的结构和用意，研究那些作家、剧作家等讲故事的人是如何使他们的故事有效和成功的。

在本节中，我将介绍一些不同的故事结构，阐述如何使故事结构既起到创作助手又起到诊断工具的作用，以便更好地润色故事并提升其艺术效果。

线性故事

线性故事是故事的最基本结构。正如其名称所提示的那样，线性故事指那些按照线性时间顺序展开的故事，即发生了一件事，随后又发生了另外一件事，之后又发生了一件新的事。

肯·亚当斯（Kenn Adams）是一名讲师、讲故事大师和即兴表演大师。他把基本的线性故事结构总结到名为"肯·亚当斯的故事骨架"（Kenn Adams' story spine）当中。这一骨架简明扼要，在全球范围内得到广泛应用。肯·亚当斯的故事骨架使用 8 ~ 9 个简单的短语，引导故事的叙述，抓住"什么""谁""如何"以及"为什么"等叙事核心。这个故事骨架为：

从前……

每天……

直到有一天……

由于这个原因（原因 1）……

由于这个原因（原因 2）……

由于这个原因（原因 3）……

直到最后……

从那天起……

（可选）这个故事的寓意是……

让我们仔细分析一下这个故事骨架，看一看它有哪些功能以及如何有效地进行应用。

从前

无论"从前"这两个字是否在故事中出现，或者是否用了其他表示相同意思的词语，每个故事都包含"从前"[①]两个字的核心意义。一般而言，核心意义可以指：

- 故事是关于谁的？
  - 从前，有一个乡村女孩。
- 故事发生在什么地方？
  - 从前，有一位乡村女孩，她生活在美国堪萨斯州（Kansas）。
- 故事的整体背景：
  - 从前，有一条鱼，它生活在澳大利亚沿海的珊瑚礁中。
- 故事发生的时间：
  - 从前，有一位乡村男孩，他生活在名为塔图因（Tatooine）[②]

[①] 此处作者意指"故事的背景"。对于描述未来世界的故事同样适用。——编者注

[②] 塔图因星球是《星球大战》中天行者家族的故乡。——译者注

的荒漠星球上。

对你的故事而言，"从前"是非常重要的成分。如果听众对你故事中的"世界"一无所知，就会感到困惑。当然，困惑并不一定完全是坏事，因为故事讲述者可以故意不告诉听众某些信息，进而巧妙地制造悬念和神秘感。然而，如果应该出现的信息从头到尾都是缺失的，故事的讲述者就会在无意当中让听众一直处于迷惑不解的状态，进而失去听众的注意力。

听众如果了解了你的故事的"从前"——无论那个"从前"是一个七年级女孩的卧室，20世纪90年代的一个教堂的地下室，还是一栋价值千万的豪宅里面的一架梯子的顶端——听众就可以了解你的故事发生的时间、地点和背景。

我讲述的一个故事是这样开头的：

我手里拿着两个遥控器。右手的那个控制着电视机，左手的那个则控制着静脉输液的速度。我20岁，正躺在罗切斯特综合医院（Rochester General Hospital）里，渐渐从差点要了我的性命的车祸中恢复过来。

虽然我没有用"从前"这两个字，甚至没有告知故事的背景，但这个故事很快吸引了听众的注意力，并让他们产生了好奇心（拿着两个遥控器？为什么？什么用途的遥控器？）。然后，我通过告知故事的时间、地点和背景（我年轻时，医院，渐渐从车祸的伤痛中恢复过来），解答了他们心中的部分疑惑。然而，虽然有许多问题尚未解答，并且还出现了后续故事中的一些关键成分，但我在没有使用"从前"这两个字的情况下，只用寥寥数语，就勾勒出了故事的背景。

在这方面，我喜欢用的一个比喻是空白画布。请想象一下，作为一名故事讲述者，当你开始讲故事的时候，你是在听众的脑海里的"空白画布"上作画。如果你不画到"空白画布"上，听众既看不到也想象不出你画的内容。当你挑选了"颜料"和"画笔"，开始"作画"后，你在"空白画布"上描绘了故事的细节和色彩，最终完成了关于你的经历的一幅完整的画卷。

通过为听众讲述"从前"，你不但给出了你要讲述的故事的背景，而且"校准"了听众的预期。按照基思·约翰斯通（Keith Johnstone）[①]的"概率圈"的说法，你是在告知听众，在这个故事的环境中，哪些行为将被期待、允许和鼓励。当然，这种设置方法也可以让听众做好准备，迎接与他们的预期相反的事情的发生，或者为听众对故事的假设和理解提供依据。

[①] 英国戏剧教育家、演员、编剧和导演，即兴戏剧先驱，以发明现代即兴体系而闻名。——译者注

至于"概率圈"这一说法，一般而言，每个故事在开始时都有较大的概率圈。当出现新的信息时，概率圈就会缩小。比如，在医院里，我们基本上都知道医院按照什么"规则"行事，包括谁能定期进入病房，怎样才能定期进入病房以及着装有什么要求。在听完我刚才所讲的故事的开头之后，你恐怕不会期待在这个故事中，一艘飞船将要降落在医院，或者一头狗熊将要开口说话。

与此相对照的是，在《海底总动员》（*Finding Nemo*）中，通过设置一个鱼类能够说话、能够强烈地表现情感，并且还能够像社群一样行动的世界，我们有了其他经过"校准"的理解和期待。例如，故事中的鱼类角色通常像鱼一样行动，离开水就无法呼吸，无法与人类直接交流，无法用两只脚走路等——即使我们能够通过动漫技术"听到"它们讲话。

在真实的故事中，当任何一种模式或日常活动（它本身就表明一个概率圈）被打破时，故事的概率圈可以扩大，而不是缩小。例如，当你发现你不是睡在自己的床上或公寓里时，你以往起床后的日常活动就会被打破。尽管如此，听众将对此种情形进行重新"校准"，随后再界定和缩小概率圈，并期待合乎逻辑的动作和行为出现在这个新的概率圈中。

每天

肯·亚当斯的故事骨架的第二项为"每天"，其任务是完成讲故事的另一个特定职责，即界定什么是"正常的"。

我们都过着各自的生活，或平平淡淡，或卓越不凡。如果一个孩子家境贫寒，而另外一个孩子居住在郊区的别墅里，生活富裕，那么，这两个孩子的"每天"就有着天壤之别。与此形成对比的是，渴望逃离无聊生活的塔图因星蒸汽农场的农场主卢克·天行者，与渴望逃离枯燥的美国堪萨斯州农场，到"彩虹那一边"的某个地方去生活的多萝西·盖尔（Dorothy Gale，《绿野仙踪》主角），他们"每天"的梦想却有着惊人的相似之处，具有异曲同工之妙。

在你讲述故事的时候，为了成功吸引听众，除了借助共情和理解，另一个关键点是介绍故事中角色的"每天"，与故事相关的状况以及与当今社会的联系。

无论你是否使用"每天"这两个字，都无须提示大家故事中角色的"每天"处于平衡状态。在故事中许多角色在处于动荡不安或心神不宁时，仍然可以被视为"平常状态"。例如：

- 每天，我都渴望找到将我送人的亲生母亲。
- 每天，我都沿着同样的道路离开和返回我位于美国芝加哥市中心的公寓大楼。
- 每天，我都在邮亭旁边等待世界另一端传来的消息。

就前文提及的"住院的故事"而言，"每天"可以这样来描述：

每天，我都备受煎熬地躺在床上，慢慢从身体的伤痛和情感的压力下恢复。不久前，我驾车在加利福尼亚州的公路上行驶时，车子与一棵大树猛烈相撞，我身受重伤，侥幸捡了一条命。

除此之外，"每天"对故事的讲述还起到另外一个关键作用，那就是设立一个模式。虽然我们不是其他人，我们的生活也与其他人不同，但我们能够理解其他人的日常生活模式。如果故事的讲述者为听众设立一个模式，听众就会理解故事讲述者的"平常状态"的世界。这种交流能够有效地让听众为故事结构的下一个部分做好准备，那就是，打破这个模式。

直到有一天

"直到有一天"会打破我们刚刚建立起来的模式。

- 从前，一条鱼和它的儿子生活在澳大利亚的珊瑚礁中。
  - 每天，鱼爸爸都小心地保护着它的儿子，避免遇到来自大海的危险。
  - 直到有一天，小鱼无视鱼爸爸的警告。
- 从前，有一位乡村女孩，她生活在美国堪萨斯州的一家农场。

- 每天，她都梦想着离开那里，去任何地方都可以，即使是到彩虹的那一边。

- 直到有一天，一场龙卷风把她和她的狗带到了很远的地方，越过了彩虹。

"直到有一天"与"每天"形成对照，说明为什么这是一个故事，而不是一件轶事，也不是一系列随机或巧合事件的组合。

通过建立一个模式，然后用"直到有一天"将其打破，我们就让听众做好了准备，期待不同甚至有趣的事情将要发生。

故事讲述者面临的一个普遍问题是，不知道怎么切入到故事的主要情节当中以及如何让他们的故事"感觉像故事"。"直到有一天"就是切入故事主要情节的绝佳时间点。找到一个引发事件，换句话说，找到改变了某种事情的时刻或决定。然后，询问自己这样一个问题：这个引发事件已经改变了什么样的模式？一般而言，我们不是总能依靠自己就能意识到我们所处的模式和周期。然而，通过"直到有一天"这个窗口进行观察，我们或许会发现，某个偶然事件有着特殊的意义。

我建议，借助"直到有一天"这个时间窗口，用同一个故事，练习如何切入到故事的主要情节当中。

下面是我的同一个故事的不同叙述版本，在这些叙述中，所有的事件都是发生在我的同一次旅行期间的事件：

- 有一次，我在东南亚开始了我的背包独行客旅行，持续时间为5周。

  - 每天：我不是喜欢裸睡的人。

  - 直到有一天：由于一个多月都无法正常洗衣服，我决定裸睡。

- 有一次，我去参加一场在夏威夷举行的婚礼。

  - 每天：我喜欢穿着睡衣睡觉而不是裸睡（即使一个人的时候也是如此）。

  - 直到有一天：我在位于威基基假日酒店（Waikiki Holiday Inn）的走廊醒来，发现自己全身赤裸。

- 有一次，我休了5周的工作假。

  - 每天：我都想方设法让假期"物有所值"，进行一些冒险。

  - 直到有一天：我发现自己赤身裸体地站在威基基假日酒店的前台前。

上面是同一个故事和记忆的不同版本，它们的搭建方式差别很大。每一个搭建方式都用不同的方法切入到同一个系列事件当中。然而，在叙述过程中，有的把信息提前透露，有的则让故事情节发展一段时间以后再透露信息。这里面不存在孰对孰错的问题。每一种方法都有它的优点，如果应用得当，都可以引导故事的讲述者很好地讲述同样的、基本的故事情节。上面仅仅是一个例子，目的是说明如何探索各种方法，利用肯·亚当斯的故事骨架去构思或展开故事的节奏和结构。

由于这个原因

在肯·亚当斯的故事骨架的这个地方，我们进入了"第二幕"。在这一幕中，"每天"这个模式已经被打破。这是因为，"直到有一天"，故事的主角开始做出一系列的，由因果关系引导出的决定、行为，或兼而有之。

如同肯·亚当斯的故事骨架的其他部分一样，在讲述故事时，"直到有一天"这几个字或表示类似意思的词语并非一定要出现。然而，"直到有一天"所表达的概念，能够帮助故事讲述者将故事角色的决定和行动用线性的方式串联起来，使一个决定或行动引导出下一个内容。

以下是几个例子：

- 直到有一天，这条鱼的孩子被一名水肺潜水员劫持了。
  - 由于这个原因，它就追赶那条水肺潜水员的船，冒险进入未知水域以及它以前不知道的海域。
  - 由于这个原因，它遇到了另一条鱼，这条鱼愿意帮助它去寻找儿子。
  - 由于这个原因，那条鱼带它进入了大海的深处去寻找丢失的儿子。

◎ 由于这个原因，它们被一群饥肠辘辘的鲨鱼盯上了……

虽然肯·亚当斯的故事骨架通常只包括3个左右的"由于这个原因"这样的叙述，但故事讲述者可以不必受此限制，可以根据需要，延伸和添加更多的故事情节。

"由于这个原因"这一部分的内容，并非一定是一个身体的动作。它还可以是一个行为或决定，并且"由于这个原因"，又产生了后果。

"由于这个原因"的内容，也可以在外部动作和心理活动之间转换。例如：

● 由于这个原因（赤身裸体地站在前台前），我感到尴尬不已。
● 由于这个原因（感到尴尬），我寻找东西把自己遮挡起来，便抓起一张已经送来的报纸。
● 由于这个原因（报纸），我感觉没有那么尴尬了，于是就向电梯走去……

这里的关键概念是因果关系。当一个行为或决定自然和持续地引出下一个行为或决定时，听众就会被故事所吸引，跟踪故事讲述者的行动和决定。人们通常喜欢观察其他人是如何应对困难情况的，因为这样做可以迫使人们询问自己："如果我遇到这种情况，我会怎么办？"

此外，请不要忘记"概率圈"这个概念。在前文的"在夏威夷的经历"这一故事中，我通过"从前"这个部分的叙述，建立起了一个概率圈。由于我在夏威夷，人们就会做出一些假设，比如那里有许多游客和宾馆，天气温暖，人们感到悠闲和放松。如果一个美国哥伦比亚（Columbia）罪犯突然出现在故事的这一部分（事实上没有出现），一些人会感到吃惊，另外一些人会感到格格不入，还有的人会觉得完全可以接受。这样的话，我那个故事的"概率圈"就扩大了，罪犯、犯罪、警方和其他一些内容也会被纳入。然而，听众此前对故事的预期里面是不太会有这些内容的。

还有一个值得提及的概念是巧合。在人类的活动当中，巧合经常发生——或给人的印象是经常发生。在我的这个故事里面，由于某种巧合，我的母亲可能会沿着酒店的走廊走来（她没有，请不要担心）。然而，由于存在这种可能性，一些听众就会把"概率圈"的范围扩大。

如果你的故事需要纳入后来出现的巧合，一个好的策略是，在讲述故事的时候提前种下"种子"，以便为把那个巧合纳入"概率圈"做好铺垫。这样的话，当巧合事件发生时，听众就会感到此前已经有所提示。关于这部分内容，我将在以后的章节里进一步讨论。

"由于这个原因"这个部分是故事的主体，故事情节主要在这个部分发生。在这一部分，故事中的角色遇到考验，需要做出内心的决定。同时，这一部分还需要讲述谁、为什么以及如何应对故事中的情景。

通过"由于这个原因"这一部分的叙述，故事情节得以持续发展、上升，直到无法继续攀上新的高度。这时候，故事就来到了肯·亚当斯的故事骨架的下一部分……

直到最后

你应该能够想象到，"直到最后"这一部分包含故事的高潮。在这里，故事情节掀起最大的波澜；你担心的冲突无法避免，终于发生；大门"砰"的一声关闭，不再有任何机会；木槌落下，无法挽回；飞机已经起飞，但她不在飞机上；踏上不归路，不会再有回头的余地……

实际上，在你草拟或构思真实故事的时候，"直到最后"这一部分有可能是你决定将某个事件创作成为故事之后，首先想到的事情。在我的"在夏威夷的经历"这一故事当中，故事的高潮是这样的：我几乎全裸地站在酒店大堂，试图用《檀香山星广报》（*Honolulu Star-Advertiser*）遮掩身体，要求酒店服务员给我一把房间的备用钥匙，而他则要求我提供"一些身份证明"。

在那个时间点之后，就无须讲述更多的故事了，只需谈论结局、反思，或许还有态度。

"直到最后"这一部分不能凭空出现，它必须已经确实存在于你已经划定的"概率圈"当中。如果在这一部分出现新的角色，该角色不能，也不应该是具体化的角色，这样才能使故事合理、自然。例如，在我的故事中，前期没有出现的酒店服务员在故事的高潮部分出现。但是，由于这家连锁酒店通常会聘用这样的服务员，所以，他的出现不会使听众觉得突兀或不适。

当然，如果大鸟（Big Bird）^①出现并带来了解决方案，那就是另外一回事了。

从那天起

那么，在你的故事里，"从那天起"这一部分要讲述什么？

故事的结局吗？不。我们在故事的"直到最后"这个部分，已经解决了冲突，结局已出现。

尾声吗？也许是。不过，"从那天起"或许听起来有点像故事中的事后思考。

我更愿意把"从那天起"这一部分看作是肯·亚当斯的故事骨架中"每天"这一部分的呼应和平衡。如果在"每天"这个部分，我们的主人公希望逃离家庭，那么，在"从那天起"这个部分，她意识到，家是温馨的港湾、心灵的归宿和情感的寄托，任何地方都无法与之相比。

---

① 大鸟是儿童电视节目《芝麻街》（Sesame Street）中的角色，有多种才艺。——译者注

如果在"每天"这个部分，我们的主人公希望加入飞船学院，那么在"从那天起"这个部分中，他已经成了银河系最受尊重的英雄驾驶员之一。

在你构思故事的时候，"从那天起"这一部分是你让故事的开头和结尾呼应和平衡的最佳位置。在故事的高潮发生之后，发生了什么改变？在这里，你能进行"逆向工程"，对"每天"这一部分进行呼应和平衡吗？

在"我的脸部遭重击"这个故事里，"从那天起"这一部分，可以讲述事件发生之后，我的驾驶方式发生了变化（更加小心）。这样，我就可以把我的故事版本反转，告诉听众，我此前的"每天"是"每天，和许多司机一样，我开车时，不喜欢后面的车跟得太近。如果跟得太近，我很容易发怒。如果他们按喇叭催促，事情将变得更糟。"

"从那天起"这一部分也可以讲述故事里的事件发生后，故事中角色的生活发生了什么变化。这种变化包括看待世界的新视角、态度的转变，或对此前不曾留意的事情的欣赏。

在我的"表兄诺曼"的故事里，诺曼的突然离世是这个故事的引发事件。他的离世其实与我的生活处境没有真正的关系。当然，在他活着的时候，我们彼此关爱对方。然而，他的生活对我来说虽然很重要，但没有对我和我的家人造成重大影响。

但是，当我发现，他在遗嘱中声明我可以继承他的部分遗产时，这件事就与我有了重大的关系。我对他的爱和欣赏似乎在金钱上得到了出乎意料的回报，这是这个故事"从那天起"的内容，既在意料之外又合情合理，因为这种结果得到了故事中的信息和证据的支持。在这个故事中，"从那天起"与"每天"并不是对等的呼应和平衡关系，因为在这个故事中，"每天"这一部分的内容似乎是"平常我都很理解我表兄的怪癖"。在故事的结局中，我告诉听众，当我得知诺曼把我和我的亲戚们的名字列入其遗嘱，并对我的孩子上大学提供经济支持后，"从那天起，我意识到诺曼多么爱我、我的亲戚和孩子们。同时，我们一家也爱他。"然而，更重要的是，我还意识到我们之间的爱有多深以及我现在和将来都会真切地思念他。通过这样的叙述，"从那天起"这一部分的内容就得到了升华，而不仅仅是对"每天"这部分内容的呼应和平衡。

这个故事的寓意是

在肯·亚当斯的故事骨架当中，"这个故事的寓意是"不是必须要有的部分，而是一个可选项。然而，在讲故事的练习过程中，在自己讲完故事或听别人讲完故事后，提出"这个故事的寓意是什么？"这一问题，是完全合理的。

询问这个问题，能够使我们从个人故事的特定场景，上升到范围更广、高度更高、具有教育意义的场景。例如，"表兄诺曼"这个故事的寓意可以是，要善待自己特立独行的亲戚。

在这个部分，我们可以说："这个故事的寓意是，要珍惜你的家人和朋友。"

还可以说："这个故事的寓意是，为了更好地保护家人，你或许应该学会放手，培养他们适应社会的能力。"

或者可以说："这个故事的寓意是，每个人都在应对自己的问题和所处的环境。对我们而言，最好的办法是努力理解别人并表现出同理心。"

关于故事的结构这一主题，已经有许多专著进行了专门的讨论。我想特别指出的是，肯·亚当斯的故事骨架并非是所有故事的理想结构，这一点毫无疑问。然而，在这本书中，我没有计划对其他故事结构的每一种变化进行详细的学术讨论。

尽管如此，我还是极其强烈地建议，故事讲述者在打破肯·亚当斯的故事骨架并选择其他的讲故事的方式之前，要真正明白自己的故事骨架是什么。

所以，如果说故事骨架的经典形式是线性故事结构，那么，非线性故事结构又是怎样的呢？

非线性故事

正如其名称所提示的那样，非线性故事指故事情节并非按照严格的线性结构展开的故事。

对真实的故事而言，其挑战在于用不同的结构进行试验，然后找到最适合的结构。适合所有故事的结构并不存在，仅仅将某种结构应用到故事当中，并不一定能够提高（或降低）故事的讲述效果。你只是在用不同的方法来讲述故事，但这样做能够帮助你找到合适的方法。这个合适的方法不但能够巩固富有戏剧性的、基本的叙事结构，而且有利于你去平衡你希望从听众那里得到的反应，无论这些反应是发出笑声、产生同理心、得到激励，或是别的。

下面我将介绍一些常用的非线性故事结构。在"飞蛾故事会"等现场讲述真实故事的活动中，这些结构经常可以见到。在介绍这些故事结构的过程中，我还将举一些例子。我希望，这些例子能够起到激励作用，鼓励你用这些结构讲述自己的故事。

花瓣结构

花瓣结构的形式与花瓣类似，因此得名。如下图所示，在该结构的核心周围，有3片或更多的"花瓣"。这些花瓣都是单独的

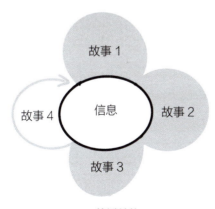

▲ 花瓣结构

故事，通常相互独立。但是，它们都支持核心信息，或在核心信息的基础上发展起来。

如果一个故事单独讲述的话，让人感到"太短"，但如果和其他类似经历或故事一起讲述的话，就能形成一个更大的、有机的整体。所以，花瓣结构是一个有趣并且有效的结构。

我们可以把花瓣结构看作是片段式结构。在一个片段中，你可以讲述一个事件，这个事件让你有所感悟或无所适从。这时候，你可以不按照肯·亚当斯的故事骨架中的"由于这个原因"这一部分的要求去继续讲述，而是用某种"寓意"或感悟来结束这个故事。紧接着，你讲述另外一个独立的故事，但这个故事用同样的寓意或更加深刻的领悟来结尾。把这样的故事组合在一起，如果这些"花瓣"让人感觉具有共性，它们就会相互支撑，形成一个整体性的故事。

在运用这个结构时，有一点需要注意。那就是，故事的讲述者在讲第一个故事的时候，让听众知道这个故事的来龙去脉，跟上故事节奏，是一个很好的做法。但是，故事讲述者无须向听众摊牌，告知他们具体的意外或结果。如果这样做的话，故事的讲述者给人的印象是，已经结束了一个故事，并且接下来要开始讲述另外一个新的故事。这样做的话，会导致"听众焦虑"。听众会觉得："啊，不。我刚才以为他的故事讲完了，可是现在他又在讲一个新故事。"因此，故事讲述者在使用这个结构时，需要把几个短小的故事结合起来，支撑起一个更大的变化、更独特的视角和更深的领悟，并让听众放松身心，去倾听这些故事。

首尾对称结构

首尾对称结构也称"拦腰结构"，在讲述短篇和长篇故事时都经常会用到。这种结构的特点是，为了避免要经过很长时间才能到达故事的核心，讲述首先从故事的中间部分开始，比如从故事高潮前的部分讲起，在开头设置一个场景。最后，在故事的结尾部分设置类似的场景，给出故事的结局，以达到令人满意的叙事效果。请看下面的故事：

我站在旧金山金门大桥的边缘，目视着下面的海湾，这或许是我最后一次看到这样的景色了。

这时候，听众就会急切地问："发生了什么？""为什么？""你是怎么到那里的？""接下来会发生什么？"

由于讲述者正在听众面前讲故事，所以听众的直觉是，讲述者的生命并没有在那个时间和那个地点结束，因而期待故事继续讲下去。这时，采用这种首尾对称结构就可以帮助讲述者把时间回转，也许回转到2周前，也许2小时前。这样，讲述者就可以讲述发生在那个时间点之前的故事，揭开听众心中的疑团。

2周前,我被一所法学院录取。我的父母一直告诉我,我会成为一名出色的律师。由于我父亲是一名辩护律师,因此我父母之间的争辩非常激烈。有一次,我实在无法忍受,被迫打断他们,让他们真正倾听对方在说什么……

然而,故事讲到这里,不但听众心中的疑团没有得到解答,而且故事离"高潮"场景也越来越远。实际上,故事讲述者之所以这么做,是为了抛出一个悬念,但却不立即给出答案,以便增加故事的戏剧色彩,激起听众的好奇心,让他们猜想和思考。这样,当故事再回到金门大桥的场景时,听众就会"有所准备",能够更好地理解故事内容。最后,故事的讲述者可以用这样的话结束他的故事:

在那个时刻,我终于明白,对我来说,学习法律是一条错误的道路。我内心的希望是学习建筑学,当我从这个角度看到这个城市的景色时,泪水盈满了我的眼眶。第二年秋天,我被加州大学伯克利分校(University of California, Berkeley)录取,攻读建筑学硕士学位。现在,我经营着一家小型的建筑设计公司,而我父亲是公司的顾问委员会成员……

在"表兄诺曼"这个故事里,我使用了这样的结构来创造一个主题悬念。我是这么叙述故事的：

> 我的表兄诺曼去世后，我去他的公寓整理遗物。在那里，我发现了他的秘密。请先让我介绍一下诺曼。他在纽约长大，说话带有浓重的纽约口音……

我抛出了"秘密"这个悬念，但直到故事结束前才揭开谜底。为什么呢？我想让听众在我讲述故事的整个过程中都一直在猜测那个秘密是什么！就像那些阅读侦探小说的读者一直在猜测谁是凶手一样。在故事的最后，我揭晓了故事中的秘密，并且希望这个秘密对我（故事中的角色）以及对听众来说都一样出人意料。

这个结构的另外一个特点是，它非常适合比较长的故事。删除一些故事讲述者认为对理解故事很关键，但实际上不必要的铺垫和背景信息，可以让故事讲述者更快地讲述到故事的具体细节，增加故事的吸引力。

你只有尝试过之后才能体会到我提到的这种故事结构的效果。一般而言，听众在听此类结构的故事时，只要故事的讲述者在恰当的时候"回补"需要的信息，听众就可以明白故事中的"谁"和"为什么"，进而明白所有的背景信息。因此，让听众理解用这种故事结构讲述的故事，并不是一件困难的事情。

倒叙结构

首尾对称结构的另外一种形式，是比较传统的倒叙结构。借助这种结构，你可以在讲故事的时候不采用线性结构，先把听众带入你当前的世界，或者说是故事中的"现在"时刻，然后在需要背景信息的时候，把信息补充进来。

皮克斯动画工作室（Pixar Animation Studio）制作的《玩具总动员2》（*Toy Story 2*），是应用倒叙结构的一个绝佳案例。在这部电影中，故事的主角是胡迪（Woody），观众对其比较了解，但其伙伴翠丝（Jessie）和矿工皮特（Stinky Pete）出场时，观众几乎没有得到关于他们的背景信息。这些玩具都具有收藏价值，他们将被送到东京的一家博物馆，作为一组玩具进行展览，获得他们的光荣时刻。翠丝是个"兴高采烈的女牛仔"，对生活充满热情，但非常害怕"返回到箱子里面"。在电影的关键场景出现前，我们对她的了解非常少。在那个关键场景中，胡迪正在考虑抛弃整个玩具小组，返回自己的生活和家庭。

在电影的这个时间点，通过加拿大著名歌手莎拉·麦克拉克兰（Sarah McLachlan）演唱的《当她爱我的时候》（*When She Loved Me*）以及相应的音乐蒙太奇场景，我们了解到，翠丝也曾是深受孩子喜爱的玩具，但却渐渐被忽略、遗忘，最终被彻底抛弃。当我们回到"现在"的时候，我们都有一种心碎的感觉，因为我们了解到，她曾失去过一切，而现在她感到自己将再次被抛弃。

如果我们在电影刚开始的时候就了解了这些信息，或许会对翠丝这个角色有完全不同的感觉。在故事开场的有趣情景中，我们很可能会觉得她性格外向、能够与其他人产生共鸣，但或许她并不像表现出来的那么兴奋和活泼。

然而，把她悲伤的经历留到合适的时间推出，使得我们都能够很清楚地理解胡迪因她所做的相关决策的过程并产生共鸣。

与此相对照的是，在皮克斯动画工作室制作的另外一部电影《飞屋环游记》（*Up*）中，导演把中心情节放置在电影的开头。通过大约10分钟的无对话蒙太奇，我们充分了解了坏脾气的主角卡尔·弗雷德里克森（Carl Fredricksen）年轻时的乐观、爱情和迷失，得知了关于他的必要信息。

所以，请仔细考虑一下，你将采用什么样的方式把故事的"现在"当作"脊椎"，然后把必要的非线性背景信息和场景填补进来，进而确定你讲述故事的方法。

如同应用大多数讲述故事的方法一样，在应用倒叙结构时，只有讲出特定和具体的场景来说明某种角色或情感的典型特点时，才能取得最佳效果。类似下面的"倒叙"，效果就会大打折扣：

有很多时候，我妈妈讲的话都会让我感到不知所措。

非特定的回忆或倒叙，几乎对你的故事毫无益处，因为它们无法对你的叙事或者角色共鸣提供任何支持。最好的方法是，选定特定的时刻和场景，明确而高效地告诉听众你要说什么，你的要点在哪里。

英雄之旅结构

在其具有深远影响的著作《千面英雄》（*The Hero with a Thousand Faces*）中，约瑟夫·坎贝尔（Joseph Campbell，美国作家，研究比较神话）提出了"单一神话"（monomyth）的理念。他认为，单一神话是一种统一的神话结构，这种结构很神奇地广泛存在于跨越时间、文化和地理的故事之中。该结构被称为英雄之旅结构。它是环形的"骨架结构"，终点和起点是一个地方，但故事中的主人公已经发生了翻天覆地的变化。

在英雄之旅结构中，故事的主人公从"已知世界"奔向"未知世界"，在那里克服艰难险阻，甚至遭遇失败和死亡（包括真实发生的和比喻性的）。最后，主人公返回家乡，进入"新常态"。

你会注意到，在英雄之旅结构中，有多条平行的故事结构。

如果你想增加故事的深度和精彩程度，询问自己一些有关英雄之旅结构的问题，或许会大有裨益。这些问题包括：

- 在这个故事中，主人公的"外部旅程"是什么？
  - "外部旅程"一般指外在事物，包括工作、情感关系、奖励或即将完成的任务等。

- 主人公的"内部旅程"是如何演变的?

  ◎ "内部旅程"一般指主人公的内心状态,即内在需要是什么。

  ◎ 通常,内在需要经常与主人公在"外部旅程"中发现的事情恰恰相反。例如,主人公完成"获得奖励"这个外在目标之际,恰恰是主人公发现需要进行个人转变的时刻。

    ○ 回想一下,在《星球大战2:帝国反击战》(*Star Wars 2: The Empire Strikes Back*)中,卢克·天行者在洞穴中与达斯·维达斗争时的情景。在昏暗的影院中,达斯·维达突然出现在观众面前,裂开的头盔中却是卢克的面孔。

    ○ 再想一下。或许我们外在的目标是挣更多的钱,而在达到这一目标时,却发现内心的使命是帮助那些身处困境的人。

采用英雄之旅结构的故事,其故事节奏可以概括如下:

风平浪静(英雄生活在平凡的世界,每天……)。

冒险的召唤(直到有一天……)。

拒绝召唤(选择安全而不是冒险)。

别无选择(跨越第一道门槛,无法回头)。

艰难险阻（由于这个原因……）。

终极考验（直到最后……）。

涅槃重生（从那天起……）。

需要强调的是，不存在适用于所有故事的结构。学习以上故事结构以及其他故事结构，能够帮助你在借助线性及非线性结构讲故事的时候拥有更多的选择。

在尝试使用上述常用故事结构中的一种或多种形式构思故事之后，你或许会觉得，你的故事的第一个版本最好。你或许还会觉得，这种尝试使你获得了崭新的视角，或者注意到了此前被忽略的地方。

总之，从多个视角审视你的故事，不会损害你的构思过程。

如何选择恰当的故事结构

故事结构有很多种，那么，如何判断哪一种结构是最适合你的故事的"正确结构"呢？下面这5个步骤或许会对你有所帮助：

（1）设计出故事骨架，也就是你的故事的线性结构。

（2）想一想，故事的开头能一下子"抓住"听众吗？有没有能马上吸引听众注意力的"挂钩"？如果没有，可以尝试首尾对称结构，即用一个能够激起好奇心的场景开始你的故事。

（3）如果故事的开头还算不错，故事的什么地方让听众失去了兴趣？倒叙或别的方法能够保持故事的势头或你所希望的故事节奏吗？

（4）使用新的故事结构给你的朋友讲述故事，直到感到恰到好处为止。

（5）尝试不同的故事结构，直到故事能够达到你所希望的效果为止。

练习：肯·亚当斯的故事骨架

借助肯·亚当斯的故事骨架，构建真实或虚构的故事。

从前_____

_____

_____

_____

_____

每天_____

_____

_____

_____

_____

直到有一天_____

_____

_____

_____

_____

由于这个原因（原因1）_____

_____

_____

_____

_____

由于这个原因（原因2）_____

_____

_____

_____

_____

由于这个原因（原因3）_____

_____

_____

_____

_____

直到最后_____

_____

_____

_____

_____

从那天起_____

_____

_____

_____

_____

（可选）这个故事的寓意是_____

_____

_____

_____

_____

YOUR STORY, WELL TOLD

第二章

即兴思维与讲故事

即兴表演术语："提示"。

在即兴表演中，"提示"指即兴表演者让观众说出一个表演场景的提示词，以便表演者按照提示词开始表演。例如：即兴表演者可以问："你们能告诉我两个人见面的地点吗？"

我们知道，即兴表演是一种现场表演形式，其故事、角色和对话都是即兴产生的。通常，表演开始之前，即兴表演者要从观众或其他地方获得"提示"，以便开始表演。

虽然本书不是关于即兴表演的著作，但在讲故事的时候采用"即兴思维"大有裨益。从表面来看，真实故事的讲述技巧与即兴表演的技巧恰好相反，因为即兴表演以自由的风格著称，即兴表演中讲述的故事通常不是来源于真实的生活经历，而是依靠现场发挥。然而，两种技巧实际上却有着相通之处。

在本章中，我们将简要讨论如何把即兴表演的基本原则应用到讲述真实故事之中，并在讨论过程中穿插一些游戏和练习。

我们将要讨论的即兴表演原则，是日益受到广泛应用的"应用型即兴表演"的重要内容。应用型即兴表演，是指把表演学校使用的培训技巧应用到其他工作当中，其中包括团队建设、艺术疗法以及灾难应急响应。

在讨论即兴表演或者撰写这一主题的文章时，仅仅"即兴表演"这几个字就会让人们感到局促不安，不过这是正常现象，不足为奇。如果没有事先准备，被迫在现场即兴表演，大部分人都会感到无所适从。因此，如果你出现这种情况，无须过分担忧。请放心，即兴表演的原则只是一些概念而已，本章的练习将帮助你理解这些概念，并在此基础上摆脱"以后再做吧"或者"我还不够好"之类的想法，进而挖掘出你的最佳创意。

在第五章中，我还将向大家解释，如何借助"即兴表演"的基本原则完成团队工作，提出和接收反馈以及建设性的批评意见，以便以积极向上的方式，提出自己具有创造性的观点。

✏ 说"是的，并且"

在即兴表演的训练中，如果挑选出一个人们最为熟悉的基本概念，那便是：说"是的，并且"。

我经常参加对正在酝酿的故事的审议和讨论，在其中，"是的，并且"这一概念的应用范围会超出对故事内容进行改进的范畴，进而延伸到对发言者的尊重。即兴表演大师、作家鲍勃·库汉（Bob Kulhan）曾撰写过一篇题目为"为什么'是的，并且'或许是商业领域中最重要的概念"（*Why "Yes, and" Might Be the Most Important Concept in Business*）的文章，他在文章中提到：

> "是的，并且"能够鼓励团队每一名成员勇敢地说出自己的观点，认可每一条意见的重要性，承认人们意见的真正价值，并且在没有偏见的情况下收集大家的观点。

毕加索曾说过："我从一个想法开始，然后它变成了另外一个东西。"对我来讲，这就是即兴表演的定义。这是一种思维方式，你从任何一个地方开始思考，然后研究、推进和润色你的想法，最终，你的想法变成了完全不同的东西，这种结局你在开始的时候可能不会预料到。

当我们对一个想法说"不"的时候，会发生什么呢？"不"是一个非常重要的字，它给我们提供庇护所，保证我们的安全，避免惹是生非。对讲故事这一行为本身说"不"，是一件好事，对吗？这样做的好处是能够避免尴尬，避免我们讲述关于朋友和家人的故事后引起他们不悦，还能避免别人因我们的意见或观点而感到局促不安，甚至大发雷霆。

然而，当我们对想法说"是"的时候，又会发生什么呢？说了这个字之后，我们就踏上了冒险的旅程。我们会面临风险和各种可能性，会有所发现，甚至发现出乎意料的事情。

对想法说"是的，并且"需要有意识地练习，而非一蹴而就。把你脑海中"这是个糟糕的想法"这个微小的声音转变为承认"这是一个想法"是需要训练的。在承认"这是一个想法"之后，新的想法就会不断涌现，持续更新。按棒球术语来说，你的"击打"次数增加，"安打^①"的次数也就会随之上升。

所以，当我们构思故事的时候，我们应当说"是的，并且"。下面，让我们看一下，当你把故事第一次讲给别人听时，也就是你开始大声向别人讲述你的故事时，"是的，并且"是如何发挥其功能和产生效果的。

术语："构思"^②。

词性：动词。

指：（1）形成观点、想象或构想；（2）思考。

当你讲述任何一个故事的时候，你通常是在玩一个"是的，并且"的游戏。你讲述某个事情，再讲述其后发生的事情，然后一步一步在原来的基础之上继续讲述，直到故事结束。

如果你留意过听你讲故事的听众，他们即使什么也没有说，也是在帮助你。怎么帮你呢？通过他们的肢体语言和面部表情。

---

① 棒球及垒球运动中的一个名词，指打击手把投手投出来的球击到界内，使打者本身能至少安全上到一垒的情形。——编者注

② 定义来自牛津词典。

当我给一个朋友讲故事的时候，他会点头、微笑、大笑或做出其他反应。这时，我就会得到实时反馈。当他不耐烦地看手表，或者心不在焉地把目光投向别处，或者问一个我此前已经回答过的问题，我则得到了另外一种反馈，这种反馈暗示我，我的故事内容或讲述故事的方式存在问题。当然，或许他今天遇到了烦心事，而这些事与我的故事或我本人毫无关系。例如，他忘记了给孩子打包午饭，或者花在宠物身上的钱远远超出了预算。然而，无论具体原因是什么，如果我的故事不能使他暂时忘却没有给孩子准备好午饭或给宠物花的大笔的钱，那只能说明我的故事还不够精彩。即使是这样，我依然获得了重要的反馈——这对我来说价值连城！

下面是一个基本的"是的，并且"游戏。你可以通过玩这个游戏来加深对"是的，并且"这一概念的理解。

传言

传言游戏是"是的，并且"游戏的一种基本形式，由两人或多人参与（其实一个人也可以玩）。这个游戏的规则是，游戏参与者首先肯定前面的叙述，然后用添加内容的方法进行巩固。

在玩这个游戏时，第一个参与者首先询问第二个参与者是否听说过某个传言，第二个参与者要添加传言的内容，巩固这个传言。一旦传言得到了巩固，两人要把手放到嘴巴上，并发出"咯咯"的笑声。

第二个游戏参与者结束第一个传言后，要立即开始第二个传言，将一个新的传言讲给下一位游戏参与者。如果只有两人参与游戏，则向第一个游戏参与者讲述即可。

例如：

A：嗨，布拉德（Brad），你听说过关于理发师琼斯（Jones）先生的传言吗？

B：是的！当顾客走进他的理发店时，他的口臭会让顾客的眼睛流泪！（咯咯笑）。嗨，戴夫（Dave），你听说过关于街对面那些孩子们的传言吗？

A：是的！他们把胶水涂到每一家的门把手上！结果家长禁止他们出门玩了！（咯咯笑）。嗨，布拉德……

B：……

就这样持续下去，结束时间由你自己确定。

下面是一个经典的"是的，并且"游戏。如同上面的传言游戏一样，这个游戏可以单人玩，也可以两人或多人玩。该游戏的规则是"传球"，即用"是的，并且"开头，在前面一个叙述的基础上添加内容。

"是的，并且"游戏

在下面的例子中，我依然用两个参与者做例子（游戏参与者A和B），来说明这个游戏的玩法。玩这个游戏的要点是，速度要快，不要停下来思考"好的想法"，而是立即说出头脑中想到的第一个想法。在撰写本书这一部分内容的时候，我以最快的速度打字，写出了下面的内容，没有考虑最后的结果：

A：这是一个关于我的生日派对的故事。

B：是的，并且它的主题是"太空"。

A：是的，并且每个人都穿着太空服、戴着太空头盔，或是穿着外星人的服装。

B：是的，并且当我走进派对现场的时候，我一个人都认不出来。

A：是的，并且每个人都用"外星人的语言"说话，而不是在送礼物的时候喊"想不到吧！"。

B：是的，并且派对上的生日蛋糕是嫩绿色的。

A：是的，并且藏在生日蛋糕里面的达斯·维达突然跳了出来，吓了我一跳……

接着前面的话继续说，看一看故事能够演绎到哪里！

每次一个字或词，共同创作故事

下面这个游戏可以帮助你借助"是的，并且"的概念，通过每次只说出一个字或词的方法，创造故事或推动故事发展。通过听、接受和加工已经得到的信息，游戏参与者可以创作故事，或把真实的事件润色成更精彩的故事。这个游戏至少需要两个人参与，否则，你只是在"写"故事。

这个游戏的规则是，游戏参与者站成一个圆圈，或者两人或三人一组。大家一起讲一个故事，但每个人每次只许说出一个句子中的一个字或词。同时，允许说"句号"来结束一个句子。

实际上，这个游戏做起来比听起来要难得多，对新手来说更是如此。请记住，每个人在某个时候都可能不得不说"这个""和""或者"以及其他"无聊"的词，才能继续把故事向前推进。有时候，人们可能想控制故事的走向，因而希望说两个以上的字或词（例如：这部电梯）而不是"这部"，这是不允许的。玩这个游戏时，请相信你的伙伴，互谅互让，相互理解。从理论上讲，这样创作出来的故事可能会使你感到出乎意料，因为你只能控制故事的一部分。下面是这种游戏的一个例子（请先纵向再横向阅读）：

A：一天　　　　A：做　　　　　A：已经

B：一个　　　　B：我　　　　　B：是

A：女　　　　　A：毕业　　　　A：别人

B：同学　　　　B：舞会　　　　B：的

A：笑着　　　　A：的　　　　　A：舞伴

B：告诉　　　　B：舞伴　　　　B：我

A：我　　　　　A：当　　　　　A：非常

B：如果　　　　B：我　　　　　B：伤心

A：我　　　　　A：邀请　　　　A：这时

B：愿意　　　　B：她　　　　　B：她

A：替　　　　　A：跳舞　　　　A：妈妈

B：她　　　　　B：时　　　　　B：走

A：做　　　　　A：我　　　　　A：过来

B：作业　　　　B：吃惊地　　　B：邀请

A：她　　　　　A：发现　　　　A：我

B：就　　　　　B：她　　　　　B：跳舞

这个游戏的另外一种玩法，或者说是更高级的玩法，是逐渐增加每个游戏参与者每次说的字或词的数量，然后再减少所说的字或词的数量。例如，字或词的数量按照"1、2、3、4、5、4、3、2、1"的模式来玩。这样的话，每个参与者就可以逐渐增加所说的字或词的数量，然后再减少，直到故事结束。例如（请先纵向再横向阅读，此次标点不计）：

（1字或词）A：很久　　　　（5字或词）B：送去一些万圣

（1字或词）B：以前　　　　节糖果。它

（2字或词）A：有一只　　　（4字或词）A：非常开心。它

（2字或词）B：绿色食人魔。　扔了

（3字或词）A：它居住在　　（4字或词）B：一些金子给我。

（3字或词）B：我家附近的　（3字或词）A：我特别高兴，

（4字或词）A：一座公路大桥　（3字或词）B：非常兴奋。我

下面。　　　　　　　　　（2字或词）A：说，谢谢

（4字或词）B：他特别喜欢吃　（2字或词）B：绿色食人魔。

（5字或词）A：糖果。因此，　（1字或词）A：故事

我给他　　　　　　　　　（1字或词）B：结束。

同时，这个游戏也是练习讲故事时的节奏的有趣方法。由于故事必须要按照规定的模式结束（即以"故事结束"结尾），因此，在故事发展的中点（5个字或词），你就会知道，故事将要向结束的方向发展了。

当你觉得你从传统思维转向即兴思维的时候，同时也会觉得，你将不会对别人的想法轻易做出评判或批评，而是会持有更加开放的心态，拓宽思路，寻求创作故事的新创意和新机会。因此，你需要训练，培养即兴思维，这样的话，你就会打开新的天

地，创作出更加精彩的故事。

📝 练习："是的，并且"

　　用尽可能快的速度玩这个游戏，不要停下来去想"好想法"，而要说出脑海里出现的第一个想法。用最快的速度写下来或在电脑上打出来，不要考虑故事的最终结果。你可以独自或与朋友一起玩这个游戏：

这个故事是关于＿＿＿＿＿＿＿＿＿＿＿＿＿＿＿＿＿＿＿

＿＿＿＿＿＿＿＿＿＿＿＿＿＿＿＿＿＿＿＿＿＿＿＿＿＿＿

＿＿＿＿＿＿＿＿＿＿＿＿＿＿＿＿＿＿＿＿＿＿＿＿＿＿＿

是的，并且＿＿＿＿＿＿＿＿＿＿＿＿＿＿＿＿＿＿＿＿＿

＿＿＿＿＿＿＿＿＿＿＿＿＿＿＿＿＿＿＿＿＿＿＿＿＿＿＿

＿＿＿＿＿＿＿＿＿＿＿＿＿＿＿＿＿＿＿＿＿＿＿＿＿＿＿

是的，并且＿＿＿＿＿＿＿＿＿＿＿＿＿＿＿＿＿＿＿＿＿

＿＿＿＿＿＿＿＿＿＿＿＿＿＿＿＿＿＿＿＿＿＿＿＿＿＿＿

＿＿＿＿＿＿＿＿＿＿＿＿＿＿＿＿＿＿＿＿＿＿＿＿＿＿＿

是的，并且＿＿＿＿＿＿＿＿＿＿＿＿＿＿＿＿＿＿＿＿＿

＿＿＿＿＿＿＿＿＿＿＿＿＿＿＿＿＿＿＿＿＿＿＿＿＿＿＿

＿＿＿＿＿＿＿＿＿＿＿＿＿＿＿＿＿＿＿＿＿＿＿＿＿＿＿

是的，并且＿＿＿＿＿＿＿＿＿＿＿＿＿＿＿＿＿＿＿＿＿

＿＿＿＿＿＿＿＿＿＿＿＿＿＿＿＿＿＿＿＿＿＿＿＿＿＿＿＿＿

＿＿＿＿＿＿＿＿＿＿＿＿＿＿＿＿＿＿＿＿＿＿＿＿＿＿＿＿＿

是的，并且＿＿＿＿＿＿＿＿＿＿＿＿＿＿＿＿＿＿＿＿＿

＿＿＿＿＿＿＿＿＿＿＿＿＿＿＿＿＿＿＿＿＿＿＿＿＿＿＿＿＿

是的，并且＿＿＿＿＿＿＿＿＿＿＿＿＿＿＿＿＿＿＿＿＿

＿＿＿＿＿＿＿＿＿＿＿＿＿＿＿＿＿＿＿＿＿＿＿＿＿＿＿＿＿

是的，并且＿＿＿＿＿＿＿＿＿＿＿＿＿＿＿＿＿＿＿＿＿

＿＿＿＿＿＿＿＿＿＿＿＿＿＿＿＿＿＿＿＿＿＿＿＿＿＿＿＿＿

是的，并且＿＿＿＿＿＿＿＿＿＿＿＿＿＿＿＿＿＿＿＿＿

＿＿＿＿＿＿＿＿＿＿＿＿＿＿＿＿＿＿＿＿＿＿＿＿＿＿＿＿＿

是的，并且＿＿＿＿＿＿＿＿＿＿＿＿＿＿＿＿＿＿＿＿＿

＿＿＿＿＿＿＿＿＿＿＿＿＿＿＿＿＿＿＿＿＿＿＿＿＿＿＿＿＿

＿＿＿＿＿＿＿＿＿＿＿＿＿＿＿＿＿＿＿＿＿＿＿＿＿＿＿＿＿

是的，并且＿＿＿＿＿＿＿＿＿＿＿＿＿＿＿＿＿＿＿＿＿

＿＿＿＿＿＿＿＿＿＿＿＿＿＿＿＿＿＿＿＿＿＿＿＿＿＿＿＿＿

＿＿＿＿＿＿＿＿＿＿＿＿＿＿＿＿＿＿＿＿＿＿＿＿＿＿＿＿＿

是的，并且_____

_____

_____

是的，并且_____

_____

_____

YOUR STORY, WELL TOLD

第四章

发掘创意

在我多年的讲故事实践和教学当中，我学到的最重要的一件事是，每个人都有大量的记忆和经历，而这些记忆和经历可以用于创作精彩的故事，人们需要做的，不过是将这些记忆和经历释放出来罢了。

在创作故事的过程中，我最喜欢的事情之一是，选定特定的题目以后，尽最大努力构思出所有可能的故事。我认为，寻找创意的关键之一是拓宽思路，扩大用来构建故事的平台，而不是人为地缩小这样的平台。

在我们的日常生活中，经常会发生这样的事情：如果有人请你讲一个笑话，你可能大脑一片空白，一个笑话也想不起来。然而，当别人跟你讲了一个笑话后，你可能会说："哎呀！我知道这个笑话。"讲故事也是如此。当你请别人讲故事的时候，他们可能会说："我没有什么好的故事。"然而，当你给他们讲了一个故事之后，他们或许会说："我也遇到过类似的事情……"，然后就讲了一个故事，效果还相当不错。

在前面的章节中，我们讨论了一些讲故事的理念，其中包括对自己说"是的，并且"，以及不要听从脑海中"那是个愚蠢的想法"这样的声音。此外，我们还介绍了一些游戏方法。下面，让我们通过做"这使我想起了……"这个游戏，来释放我们的创意。

✏ 这使我想起了

这个游戏的规则是，两人一组，在游戏的组织者给出一个字或词的提示后，参与者A或参与者B根据此提示，说出一个简短的记忆片段。例如，在听到"学校"这一提示词后：

A：好的，学校。这使我想起了，我第一天上幼儿园时，感到非常害怕。

（参与者B认真听，并尽可能快地做出反应。）

B：我的前女友是一位幼儿园老师。这使我想起了，我有一次去她教的班级，教室里闻起来有一股怪味儿。

A：这使我想起了，我有一次受邀到一所学校讲课，但我无法控制课堂秩序。

B：这使我想起了，我有一次溜出学校，最后被老师捉了回去。

A：这使我想起了，我有一次因为伪造校长签名，放学后被留了下来。

在玩这个游戏时，请注意以下两点：

一是游戏参与者不要详细讲述其故事或者记忆。这个游戏的目的不是讲故事，而是练习构思能力。换句话说，是为了让你通过听同伴讲的事情，让自己的记忆片段变得松散，并刺激你的大脑唤醒其他记忆。

二是虽然游戏的参与者都在把记忆片段变得松散，但每个人都有工作要做，即为对方的记忆设置某种"是的，并且"的情景。如果只说"这使我想起了发生在我身上的同样的事情"之类的话，就起不到太大的帮助作用。因为这相当于只说出了"是的"这一部分，而没有说出"并且"这一部分，进而无法为唤醒下一个人的下一段记忆提供足够的帮助。因此，尽量不要说"这使我想起了发生在我身上的同样的事情"之类的话，即使这样说的话，也要提供更具体的细节。

例如：

A：这使我想起了，我有一次因为伪造校长签名，放学后被留了下来。

B：这使我想起了，发生在我身上的同样的事情，但原因是我伪造了父母的签名。

A：这使我想起了，我有一次试图模仿我爸爸的潦草签名。

B：这使我想起了，我第一次试图写下自己的花式签名，而不是工整地写下自己的名字。

A：这使我想起了，不知道出于什么原因，上高中时，我把大门乐队（The Doors）[1]和猴子乐队（The Monkees）[2]等乐队的标识画到了笔记本上。

我玩这个游戏的经验表明，游戏开始几分钟之内，学生们就会说出许多潜在的故事素材，并能更好地了解对方以及大家的共同点。最近，一位学生甚至告诉我，他打算在下一次约会的时候玩这个游戏！

如果时间允许，我建议，在游戏之后，鼓励学生简明扼要地把游戏中想起来的事件写下来。这样做的目的是，一旦他们将来打算在那些事件的基础之上创作故事，这些笔记将会起到非常大的作用。

"这使我想起了"是我们构思故事时说"是的，并且"的一种方式。在下面的章节中，我们还将了解到更多的游戏和练习，它们都能够帮助你从长期记忆的深处找到好的创意。

练习：这使我想起了

首先选定只有一个字或词的提示语，然后写出或大声说出在提示语的帮助下，你想起来的事件片段。这个游戏可以和同伴一

---

① 美国摇滚乐队，乐风融合了车库摇滚、蓝调与迷幻摇滚。——译者注
② 美国乐队。——译者注

起玩，也可以一个人玩。

提示语：＿＿＿＿＿＿＿＿＿＿＿＿＿＿＿＿＿＿＿＿

这使我想起了＿＿＿＿＿＿＿＿＿＿＿＿＿＿＿＿＿＿

＿＿＿＿＿＿＿＿＿＿＿＿＿＿＿＿＿＿＿＿＿＿＿＿

＿＿＿＿＿＿＿＿＿＿＿＿＿＿＿＿＿＿＿＿＿＿＿＿

这使我想起了＿＿＿＿＿＿＿＿＿＿＿＿＿＿＿＿＿＿

＿＿＿＿＿＿＿＿＿＿＿＿＿＿＿＿＿＿＿＿＿＿＿＿

＿＿＿＿＿＿＿＿＿＿＿＿＿＿＿＿＿＿＿＿＿＿＿＿

这使我想起了＿＿＿＿＿＿＿＿＿＿＿＿＿＿＿＿＿＿

＿＿＿＿＿＿＿＿＿＿＿＿＿＿＿＿＿＿＿＿＿＿＿＿

＿＿＿＿＿＿＿＿＿＿＿＿＿＿＿＿＿＿＿＿＿＿＿＿

这使我想起了＿＿＿＿＿＿＿＿＿＿＿＿＿＿＿＿＿＿

＿＿＿＿＿＿＿＿＿＿＿＿＿＿＿＿＿＿＿＿＿＿＿＿

＿＿＿＿＿＿＿＿＿＿＿＿＿＿＿＿＿＿＿＿＿＿＿＿

这使我想起了＿＿＿＿＿＿＿＿＿＿＿＿＿＿＿＿＿＿

＿＿＿＿＿＿＿＿＿＿＿＿＿＿＿＿＿＿＿＿＿＿＿＿

＿＿＿＿＿＿＿＿＿＿＿＿＿＿＿＿＿＿＿＿＿＿＿＿

这使我想起了＿＿＿＿＿＿＿＿＿＿＿＿＿＿＿＿＿＿

＿＿＿＿＿＿＿＿＿＿＿＿＿＿＿＿＿＿＿＿＿＿＿＿

＿＿＿＿＿＿＿＿＿＿＿＿＿＿＿＿＿＿＿＿＿＿＿＿

　　另外一个行之有效的方法是做"研究"。具体方法是，当你回忆起"有故事价值"的事情时，可以讲给朋友们听并询问他们的意见。他们能够帮你删除不必要的细枝末节，并从他们的视角给你建议。

✏ "燃爆"提示语

　　当你听到"处境艰难"这样的提示语时，你会想到什么呢？你是否会想起那些你在生活中做危险和疯狂的事情的时刻？你是否会想起与"处境艰难"的字面意思直接相关的事情，比如从供儿童玩耍的树屋中掉了下来？[①]

　　"燃爆"提示语的意思是，听到提示语后，跳过大脑中首先闪现的第一、第二和第三个想法，然后"下沉"，潜入你的记忆深处，寻找你尚未发现的想法。我提倡的理念是，从平淡无奇、无聊甚至看上去"糟糕的"想法开始，深入挖掘，把老生常谈和看似没有故事潜力的想法引出大脑，再把它们写到纸上或大声说出来。这实际上是在扫清障碍，为挖掘更奇特和有深度的想法铺平道路。这样的话，在从平淡的想法到别出心裁的想法的思考过

[①] 前文"处境艰难"（out on a limb）直译为"在大树枝上"，与本句中"树屋"（tree house）在字面意思上相关。——译者注

程中，新的想法和记忆就会涌现出来。要知道，如果你不刻意去寻找，新的想法很难主动出现在你脑海。

当我为讲故事的活动构思我的故事时，我喜欢从一个提示语开始，专心地拓宽思路。许多类似"飞蛾讲故事大赛"的活动，都会提前几周甚至几个月公布活动主题。因此，人们可以在线查询，提前知晓主题并做相应的准备。知道活动主题之后，我会玩一下"'燃爆'提示语"的游戏。最近几次"飞蛾讲故事大赛"的主题分别为：终结、自我、奖励以及考验。我将以"终结"为例，说明如何通过"燃爆"提示语去扩展思路，挖掘出故事创意。首先，我根据提示语的定义，按照其各种子定义的含义和用法，尽可能多地列出相关的例子（例如："终结"的含义包括死亡、结束、末端、尽头和尾声等）：

- 宠物的死亡。

- 所爱的人去世。

- 恋爱或婚姻关系的结束。

- 工作的结束。

- 租赁期或偿还按揭贷款的结束。

- 头发末梢。

- 线路的尽头。

- 课程、培训或某一过程进入尾声。

- 很快将要完成某项创作，例如绘画、写诗歌和写小说。
- 生活中某个阶段的结束，例如孕期、孩提时代、本科阶段、硕士阶段。

然后，我询问自己，上面的每一个例子（或尽可能多的例子）是否让我觉得有可能挖掘出相应的故事素材？下面是"终结"这个提示语让我挖掘出的记忆：

宠物的死亡：

我的孩子们的宠物金鱼死后，我对他们进行了有关死亡的教育。

所爱的人去世：

我的表兄去世后，我发现了他的秘密。

恋爱或婚姻关系的结束：

我和女朋友分手了，而我父母原本希望我和她结婚。

工作的结束：

我被邮局开除，因为我没有通过邮局的相关考试。

租赁期或偿还按揭贷款的结束：

我被房东赶了出来，而当时我的妻子正怀着孕。

头发末梢：
我弟弟5岁时把头发剃光了，目的是模仿他喜欢的光头表哥。

线路的尽头：
我在校车上睡着了，一觉睡到终点站。

课程、培训或某一过程进入尾声：
我在驾校的学习结束了。

很快将要完成某项创作，例如绘画、写诗歌和写小说：
我组织歌舞表演，并准备巡演。

生活中某个阶段的结束，例如孕期、孩提时代、本科阶段、
硕士阶段：
在夏令营，孩子们在掉牙的同时，天真无邪的童年阶段也结
束了。

最后，我挑选出一个或多个有可能发展成故事的记忆片段。
就这样，仅仅通过对主题说"是的"并列举出潜在的故事，

我在5分钟之内就给自己找到了10个潜在的故事，润色加工之后就可以在讲故事的活动中讲给大家听了。不过，是不是这些潜在的故事都值得去讲述呢？或者无须加工，马上就可以去讲述呢？当然不是。

在我的经历中，我经常注意到，有的人拿到故事主题后，就按照大脑里闪现的第一个想法去构思故事。他们非常认真，讲述时声音洪亮有力，但效果却不尽如人意。还有的人对主题说"不"，甚至对讲故事这件事本身说"不"。他们会说："这次的主题是'终结'，而我没有这方面的故事。"其实，通过练习，我们都可以根据故事主题找到恰当的故事创意。

练习："燃爆"提示语游戏

选定一个提示语，尽量多地列出子定义及其用法。然后，根据每一个子定义及其用法，写出你的可以发展成故事的相关记忆或联想。

提示语

_____

子定义1　　子定义2　　子定义3　　子定义4　　子定义5

_____

_____

_____

故事创意1　故事创意2　故事创意3　故事创意4　故事创意5

✏️ "呕吐稿"

> 如果你在动笔之前等待灵感，那么你就不是一名作家，而是一名等待者。
>
> ——丹·波因特（Dan Poynter）
>
> 美国作家、出版人、演说家
>
> 业余爱好者坐等灵感，专业作家则马上动手去做。
>
> ——斯蒂芬·金
>
> 美国作家

斯蒂芬·金之所以被称为一位多产的故事讲述者，得益于他的一个习惯，那就是，他每天都要写作。我们都明白，即使我们"知道"应当做哪些事情，但是，拖延着不去做那些会带来痛苦的事情，是人的天性。这些事情中包括每天写作。

事实上，有许多小窍门，可以给毫无思路的作家或故事讲述者带来灵感。这些小窍门包括：

- 专注地待在屋子里两三天，全身心地写作。
- 接受"30天每天写作"的挑战。
- 每天安排专门的"写作时间"。

我认为，与我们称之为"写作"的事情相比，"讲故事"的一个巨大优势是，"讲故事"不一定需要电脑、笔和纸张，我们只要"讲"就可以了。

我总是把我的故事的第一个（或者第二、第三个）版本称为"呕吐稿"。因为在故事构思的初期，我会把大脑中的故事快速、匆忙地说出来或写下来，完全不在意故事是否"难闻和脏乱"。

事实上，"呕吐稿"像呕吐物一样"难闻"很正常！作为故事的"冲动"版本，"呕吐稿"是直接从你的意识中跳脱出来的。

我想，我们可以把"呕吐稿"比作故事的即兴版本。这时候，你不会希望停下来去思考，而是只管去做。把自己置身于那个时刻并把故事创意讲出来，这样你就可以发现后续的故事创意。通过允许让自己觉得这个版本的故事"可以丢弃"，你就丢掉了那些看起来"珍贵"的东西。

我认为，"珍贵"是讲故事的麻烦和困境。我们知道我们有精彩的故事，然而，我们觉得这些故事很"珍贵"，因此就等待恰当的时间，在恰当的地点，用恰当的语言去讲述它们。然而，"珍贵"却成了我们不讲故事的"绝佳"借口。

因此，我的建议是，不要先把故事写下来，而要先把故事讲出来，并且讲述对象可以是任何人。在日常生活中，我偶尔会借助来福车（Lyft，美国即时用车服务平台）打车出行。一般而言，该服务平台的司机非常友善，并且几乎都是与我素不相识的陌生人。（不过，我的家人碰到的一位来福车司机是一位此前遇到过的人。她当时是迪士尼巡游活动的迪士尼公主的演员，我们的手机里面还有她的照片！）然而，我会问司机："你介意我给你讲个故事吗？"或者，如果我希望更坦诚一些，我就说："我正在构思一个故事，你介意我在你面前练习一下吗？"

这样做显然要比谈论天气或者昨晚某场比赛的比分更有意义！给朋友、兄弟姐妹，甚至陌生人讲故事的最大好处之一，是他们一般至少会做下面3件事情中的1件，来对你的故事做出反馈：

- 告诉你他们喜欢故事的哪些方面。
- 告诉你他们的感想，与你产生共鸣（或许会给你讲述他们的故事）。
- 感到震撼，默默不语。你的故事深深打动了他们，以至于他们不知道用什么样的语言来表达他们的感受。

听完故事之后，人们可能会有所感悟，有所希望，对吗？

根据"呕吐稿"的理念，我建议我的学生们，在故事的酝酿和准备过程中，只需写下一些笔记或"故事节奏"，不要把故事全部写下来。故事的节奏通常是由一两个词组成的简明扼要的"标签"，记录每个故事场景发生了什么。

我为什么要提出这样的建议呢？这是因为，我们越是大声地把故事讲出来，越能听出来文字的组合是否恰当，以及故事对听众产生了什么样的影响。当我们讲了一些事情之后，如果听众开怀大笑，深呼吸，点头或睁大眼睛，这说明我们做对了。相反，如果听众愁眉不展，迷惑不解地歪着头，看手表，注意力在别的地方，则说明我们的故事需要进一步润色和改进。此外，把故事的第一稿写下来而不是讲出来，会遇到的问题是，我们中的许多人倾向于热爱他们的文字，一旦故事被写了下来，他们就会觉得非常珍贵，因为他们觉得已经完成了一件事情。我们一般不愿意对已经写下来的东西进行修改和编辑。所以，请在一开始不要把故事写下来，而要把它讲出来！我还建议，在把同一个故事向不同的听众讲过几遍之后，把故事节奏和重要的句子写下来，然后再继续讲给别人听。

对故事讲述者而言，"呕吐稿"是难得的礼物。它是失败的"许可证"和不做承诺的"执照"。同时，在你酝酿和准备故事的过程中，"呕吐稿"还是你在朋友和陌生人面前检验故事效果的实时试验品。

YOUR STORY, WELL TOLD

第五章

回应对故事的反馈

本章将在第三章所介绍的理念的基础之上，阐述如何利用即兴表演的基本原则进行团队工作。具体而言，就是如何恰当地提出和接收反馈意见以及建设性的批评意见，从而借助积极和鼓励的手段，帮助你让故事的创意升级。

这其实就是把即兴表演的基本原则应用到实践当中，借助建设性、创造性和激励性的手段，为富有创造力的故事讲述者提供积极、快速和高效的反馈。

✏️ 向团队成员反馈

在电视节目和影片的创作过程中，创作团队常用的方法是，组织编剧和其他制作人员一起工作，相互协作，以便集思广益，把创意最终升级为故事。

通过应用"是的，并且"，对创意的反馈就能够聚焦在故事的亮点上，也就是能够聚焦在故事或讲故事这两部分，进而鼓励有关人员进一步提高这两部分的质量。我们知道，每一个故事都有一些部分效果不好，或者说作用不大。那么，为什么我们要花时间和精力去"修理"较差的部分，而不是把时间和精力投入到寻找效果良好的部分，进而在其基础上再进一步提高呢？

为了确保上述方法起作用，整个团队需要弄清楚"是的"和"并且"的意义和目的，并达成共识。此外，我们还要把"是的，并且"进一步细化为"是的"和"并且"，然后分别列出相应的含义。

当有人讲完故事后，我们说"是的"。这时，我们想要表达什么意思呢?

"是的"的含义

- 肯定。
- 愉快。
- 支持。
- 你吸引了我的注意力。
- 理解。
- 信任（或可靠）。
- 领悟。
- 乐于接受创意。
- 兴趣。
- 好奇。
- 同理心。
- 同意（或其实不同意）。

同意（或其实不同意）

即使我们不同意某个故事中的观点或某个故事讲述者的观点，我们也可能说"是的"。为什么呢？因为故事带有高度的主观性，故事介绍了我们的经历，表达了我们的观念或者偏见。故事可能会触及听众的痛处，令听众感到烦恼和不安。尽管如此，在召开富有建设性的团队会议时，或者进行与团队成员的单独交流时，我们遵循指导原则，对故事说"是的"——这种行为本身仍然是值得尊重的，因为我们可以不对整个故事或我们不同意的部分说"是的"，而是对我们喜欢的部分说"是的"。例如，在听到一个关于母女关系的故事后，如果你喜欢故事的中心思想，但不喜欢故事的内容，你可以说："我喜欢这个关于母女关系的故事表达的思想。"这其实是对故事说"是的"的另一种方式。如果故事内容使你感到不安，尽量不要说："我不喜欢故事的某个场景。"而要找到你喜欢的部分并进行肯定。例如，你可以说："我感觉故事中的角色活灵活现，你对他们的描述非常真实。"为什么要这样说呢？因为你应该从另外一个角度看待问题。要知道，对一个还在酝酿和修改他的故事的人而言，你对效果不佳的部分发表负面评论，最后的结果往往适得其反。

下面，让我们看一下，当我们说"并且"时，想要表达什么意思呢？

"并且"的含义

- 此外。

- 补充故事创意。

- 加强。

- 提出新创意。

- 如果……会发生什么呢？

- 过渡。

- 连接。

- 以某一部分为基础，继续发展。

- 在某一点上深入探索。

蒂娜·菲（Tina Fey，美国编剧、演员、制片人、主持人）在其著作《管家婆》（*Bossypants*）中解释了她对"是的，并且"的看法：

即兴创作的第一条原则是"同意"。要总是同意并且说"是的"。当你在进行即兴创作时，你应该对伙伴创作的任何东西都表示同意……即兴创作的第二条原则是，不但要说"是的"，而且要说"并且"。你应该首先表示同意，然后再添加自己的东西。

借助"是的，并且"为反馈性讨论设立框架，我们就能够把反馈集中在故事中起作用、效果好的部分，而不是集中在不起作用、效果不佳的部分。我们要重点考虑故事创意中能结出有益之果的种子，因为它们是起作用的部分。我们还要为这些种子"浇水施肥"，让故事围绕这些种子发展成长，结出硕果。如果踩踏故事中"垂死"（对故事起的作用不大，效果不好）的部分，你也许会在争论中"获胜"并"消灭"那些你认为不好的部分，但是，与此同时，整个故事的魅力以及故事讲述者的动力或许也会减弱。

如果我们把反馈集中在积极的部分，尤其是起作用、效果好的部分，那么就会产生一种无形的吸引力。你会注意到，故事的讲述者以及故事本身将会被吸引到起作用的部分，并且形成良性循环。这样的话，故事就会更加精彩和具有吸引力。例如，故事或许就会更加具有描述性，或者在讲述有争议的问题时更加注重体现事情的两面性。

下面，请让我用案例来进一步说明。当我在旧金山的一所名为写字板（The Writing Pad）的写作学校教授讲故事的课程时，一位名叫杰夫·汉森（Jeff Hanson）的学生讲述了一个关于他约会的故事。他在网上交了一位女友，她曾经是泳装模特。过了一段时间，他们决定线下见面。当杰夫见到她时，对她的第一印象是"火辣"。杰夫说："她的实际长相和照片一模一样，这种情况可以说是凤毛麟角。"随着约会的进行，那名女子的缺陷暴露了

121

出来——她曾在一场严重的火灾中，头发被点燃，身体的烧伤面积高达80%。她还曾患有妊娠并发症，一条伤疤贯穿全身。此外，她的两条腿都装了假肢。杰夫表示，那是一次令人非常不愉快的约会，他感到非常失望，像是受到了欺骗，于是从那以后再也没有与她见过面。

班上的一名女士认为，听完这个故事，她感觉受到了极大的冒犯，因为她觉得杰夫的故事非常卑劣，是对女性的仇视。她还认为，杰夫仇视女性，令人反感。于是，她火冒三丈，打算把她的这种感受告诉杰夫。

然而，为了遵守课堂规则，在发表评论的时候，那位受到冒犯的女士只谈论了她认为可以说"是的"的部分。她评论道："我喜欢那位女士的性格。我希望了解她的更多故事以及那些悲惨经历带给她的痛苦。"她还说："你在了解她的故事后，表现得很失望，我喜欢这一点，因为坦露感受可能被认为是肤浅的行为，是需要勇气的。我很想知道，你为什么对女性有这种感受。"

那位女士的评论是对这个故事的巧妙（或者不太巧妙）的嘲讽吗？也许是的。但是，不管怎么说，她的评论聚焦在她感兴趣和好奇的部分，这就给了故事讲述者切实可行的建议，帮助他修改和提升他的故事。试想一下，如果故事讲述者讲述了自己的某种感受，我们就去一味地责备他，或者，故事讲述者把第一稿的故事讲给我们听，我们就因为故事有不恰当的地方而责怪他，会产生什么效果？这么做与按照"是的，并且"这一原则进行对比，孰优孰劣，一目了然。

如果我们能够按照"是的，并且"这一原则进行反馈，我们确实可以帮助故事讲述者更好地润色故事，做到故事的每一个版本都比前一个版本更好。对故事或者故事讲述者进行批评或者侮辱，有可能带来相反的效果。也就是说，有可能让故事讲述者产生羞耻感，感到自己不配讲故事，或者他们的故事本身不值得讲述。其实，在正确的指导下，经过改进之后，任何一个故事都有可能变成独特的、感人肺腑的故事，有效地讲述故事讲述者的重要经历。

尽管如此，如果故事讲述者对来自其他人的反馈不能持开放态度，"是的，并且"原则的作用恐怕力度有限。换句话说，你可以提出非常绝妙的建议，并耐心地按照"是的，并且"原则给予反馈，但是，如果故事讲述者不愿意倾听，你的建议恐怕毫无用处。

✏ 合气道①

一般而言，人们对待建议和批评有3种常见的方法，我将在本

---

① 合气道源自日本，是一种防御反击性武术，主要特点为"以柔克刚""借劲使力""不主动攻击"。——译者注

节进行介绍。在这3种方法中，有2种是不恰当的。要改变接收反馈时的不恰当方法，我们需要有自我意识并做出正确的选择。虽然给予反馈的一方遵循了"是的，并且"这一积极的原则，但接收反馈的一方仍然有可能觉得，这些反馈是一种批评或攻击。正是由于这个原因，我建议，我们应当在合气道理念的基础上，学习、传播和应用"接收反馈"的3个策略。下面，我将进行更细致的讲解。

请勿无礼争辩

人们对待批评或建议（或任何形式的攻击）的第一种常用方法是辩解或进行反击。举例来说，在学习讲故事的课堂上，当大家提建议时，对话有可能是这样的：

教师："我喜欢你故事中讲到的饭店的那一部分，并且我希望多了解一些饭店的相关信息，比如环境、顾客、食物或其他特色。"

学生："我已经在你说的那些方面尝试过添加细节，但那样做的话，故事就太长了。还有，那并不是一家非常有趣的饭店。因此，即使在那些方面进行更多的介绍，也不会对故事质量的提升有很大帮助。"

这名学生所说的话，就是一个典型的对别人的反馈进行反击的例子。他的解释其实是在说"不"。毫无疑问，采取这种策略的人为自己"赢得了胜利"。他们对接收到的建议如果都进行这样的反击，他们好像取得了"成功"，维持了他的故事的原始状态。然而，事实上他们是失败者。这是因为，如果他们总是拒绝别人的建议，那么也就没有人愿意再提出建议，干脆三缄其口。因此，那些拒绝别人反馈的故事讲述者只能在构思故事的时候闭门造车，没有新的创意。最终的结果是，他们虽然头撞南墙，却依然不明白自己的故事为什么没有丝毫改善。

请勿充耳不闻

人们对待建议和批评的第二种常用方法是充耳不闻。采取这样态度的人如同蜷缩起来，试图捂上自己耳朵的孩子，或在自己周围竖起一道高墙。他们讲完自己的故事之后，由于害羞或害怕受到伤害，干脆就采取防卫的姿态，把自己隔离开来，对别人的建议、创意或反应视而不见，充耳不闻。

虽然大家在课堂上的讨论非常热烈，奇思妙想层出不穷，但对于一些自我封闭的故事讲述者而言，绝佳的创意、优美的词句、令人捧腹的笑话和加强故事效果的场景都与他们无关。

遗憾的是，下课的时候，他们仍然趾高气扬，认为自己是"胜利者"。他们会对自己说："我胜利了！他们无法伤害我，也无法强迫我更改我的故事！"

等到下周上课时，他们回到教室，讲述的故事和前一周的一模一样，此前出现的问题没有得到任何解决，需要改进的地方也没有得到丝毫改善。这一次，他们仍然会问，如何使自己的故事变得更好。课堂上的其他同学则面面相觑，迷惑不解，只能发出这样的疑问："上周我们不是讨论过这件事情了吗？为什么我们建议的那些笑话和佳句没有一个出现在这次的故事中？你当时到底有没有认真听我们的建议？"

事实上，如果你对听到的反馈充耳不闻，把它们拒之门外，你可能会觉得在那个时刻你是胜利者。然而，这样做的最终结果是，没有人再愿意给你提供反馈！没有人愿意看到自己的观点被其他人忽略，因为大家都希望被倾听、重视和欣赏。如果你接到反馈后进行争辩或充耳不闻，大家也会做出同样的反应，反馈活动只能陷入僵局，在讲故事方面你也就只能原地踏步，不会有任何成长。

要博采众长

人们对待建议和批评的第三种常用方法是博采众长。这也是在收到反馈时应该采取的正确做法，我们在这里称之为"合气道策略"。在其名为《"是的，并且"：即兴表演、合气道和心理治疗中的接受、抵抗和变化》（*"Yes, and": Acceptance, Resistance, and Change in Improv, Aikido, and Psychotherapy*）的文章中，美国知名音乐家厄尔·维克斯（Earl Vickers）写道：

> 合气道提倡以柔克刚，借劲使力。这与即兴表演提倡的"是的，并且"的原则很相似。两者都强调全情投入，专注当下，避免冲突，并把抵抗当作礼物；这些理念和其他的理念一起，以跨学科的方式，为"是的，并且"这一原则的合理性提供了依据。

在别人给予反馈的时候，故事讲述者应该学会倾听，把别人的建议写下来，甚至自己用收到的反馈做"是的，并且"这样的练习，而不是无礼争辩或充耳不闻。例如：

> 教师："我喜欢你故事中讲到的饭店的那一部分，并且我希望多了解一些饭店的相关信息，比如环境、顾客、食物和其他特色等诸如此类的各方面的特点。"
>
> 学生："很有趣的建议。那家饭店有些奇怪。它的特点是，女服务员们会对你大喊大叫。这对初次约会的情侣来说有些不太友好。谢谢你的建议！"

我们要让建议等反馈得到积极的讨论。别人的建议有好有坏，但这并不重要，重要的是，不要试图阻止这种讨论。这是因为，许多人的建议非常精辟。况且，大家讨论的中心是你的故事！

如果你不想应用"是的，并且"原则，你至少应该把别人的反馈记录下来，或用其他方式表示你对别人给出反馈的感谢。无论如何，你不应该进行反击或忽略、无视别人的反馈。

这样的话，当你进一步润色你的故事时，你至少手上有可以参考的建议，这或许有助于你酝酿和准备你的故事。事实上，大家的建议给了你多种选择。例如，你可能会想："如果更细致地描绘一下那一家饭店，故事效果会不会更好一些？"你经过思考或许会觉得，描述一下你走进那家饭店时的环境和气氛，可以使故事更加生动。

我发现，给予和接收反馈的绝妙之处在于，当这种模式奏效时（这种模式在一般情况下都会取得良好的效果），大家所在的房间的气氛就会如同优秀的集体创作室的气氛一样。在这种氛围中，新颖、操作性强的建议不断涌现，大家愉快地分享观点，心态积极，成就感强。

这样做的最大好处是，反馈建议被提出、记录和讨论（我主持的讨论就是这么做的）之后，这些建议都变成了对反馈持积极态度的故事讲述者的知识产权。换句话说，我愿意倾听你的故事，并给你提出我所有的建议，而当你听从和采纳我的建议之后，故事的成功归功于你。你的故事仍然完全属于你，而不是"由我的老师和9位讲故事学习班的同学共同创作。"因为你负责做最困难的事情，那就是把所有的建议整合起来，让它们自然、真实和贴切地显现在你的故事环境和经历中。

为什么在你讲故事的时候，大家会这样做呢？为什么大家给你提出绝妙的建议，却不求回报呢？原因很简单，当其他人给你讲述他们的故事时，也期待你做同样的事情。我们希望，其他人的灵感能够将我们的灵感激发出来。或者说，我们希望进行灵感的交换，以便让我们从局外人的角度洞察自己的故事。由于局外人没有经历过我们的故事，他们会问这样的问题："他是一个什么样的人？""他为什么做出那样的举动？""他的声音如何？"等。他们会有各种各样的问题、观点、建议和感悟。显然，这将有助于激发你的灵感和优化你的故事。

如同练习合气道一样，"是的，并且"这一原则有利于我们对各种力量持开放态度，进而增强自己的力量。关于这一点，维克斯在《"是的，并且"：即兴表演、合气道和心理治疗中的接受、抵抗和变化》中是这样描述的：

合气道的练习者往往借用进攻者的力量，并把力量引导至新的方向。引导方式通常是借助转身，使自己和进攻者面向同一个方向。这样，练习者就能够从进攻者的角度观察形势，同时也没有放弃自己的观察角度。

YOUR STORY, WELL TOLD

第六章

故事的『上色』与『前进』

充分理解肯·亚当斯的故事骨架之后，你就可以把几乎任何事件转化成包含开头、过程和结尾的故事。让我们以我写这本书时发生的一件事情作为例子：在我身处另外一个城市的情况下，我不经意地把家里的灯关掉了。

从前：有一次，我和家人到芝加哥度假。

每天：在此之前，我已经养成了习惯，用比较懒的方法打开或关闭我家里的智能客厅的灯。我的方法是，对亚马逊公司生产的亚历克莎（Alexa）智能语音设备发出命令。

直到有一天：当我在宾馆里时，我开玩笑说："亚历克莎，客厅，关灯！"

由于这个原因：我这时才突然想起，自己在这次旅行中带了亚历克莎。它回答说："好的！"

由于这个原因：我家里的灯被关掉了。

由于这个原因：这时，我又想起来，那一天正好有客人去我家并在我家留宿。

由于这个原因：我查看了我在家里安装的另一台智能设备——客厅里的监视器。我发现，黑暗之中，家里的客人们不知所措。

由于这个原因：我不想让客人们知道我在窥视他们，但我还是想提供帮助。

由于这个原因：我妻子给客人们打了电话，告诉他们："我忘了告诉你们怎么开灯和关灯。"

直到最后：通过监视器应用程序（APP），我看到，客人们成功地打开了灯。

从那天起：我对亚历克莎下命令时，变得谨小慎微。

我知道，这不是最激动人心或最有趣的故事，但它还是提供了基本的故事骨架，有利于我们下面的讨论。此外，在练习如何丰富故事内容方面，我喜欢玩一个名为"上色"与"前进"的即兴游戏。

✎ "上色"与"前进"

玩这个游戏的时候，最好两人一组，两人分别当"A"和"B"。"A"扮演"故事讲述者"的角色，职责是根据提示即兴发挥，讲述一个故事。"B"扮演"导演"的角色，职责是用"上色"或"前进"这两个词去引导"A"的讲述。

在这里，"上色"的意思是"添加更多细节"，"前进"的意思是"推动情节发展"。

在"上色"这一部分，"A"应当尽可能详细地描述故事的某个特定情节，而"B"则应当判断哪个地方需要进行详细描述，并发出相应指令。例如："母亲角色，上色！"

当故事讲述完毕或者游戏时间用完之后，游戏参与者要互换角色。

在这个游戏中，"导演"一定不要成为被动的听众。他的职责是从故事讲述者那里得到他想要得到的东西。当某件事情引起了他的兴趣，或者他想知道更多的信息时，就说"上色！"当故事过于拖延，花费的时间过长，或者已经听到了足够的描述，他就可以说"前进！"。

在玩这个游戏时，很重要的一点是不要"让着对方"。这个游戏的目的不是为了听好的故事，而是为了在发生了什么事情以及事情是如何发生的这两者之间取得平衡。

我告诉我的学生们，在"上色"时使用所有的感官和情感。当听到"情绪，上色！"的指令时，你应当把注意力集中在当时的感受上面。当听到"公路，上色！"的指令时，你或许受到启发，说道："小汽车嗖嗖地从我身边驶过，卷起漫天尘土，尘土落到我的脸上。还有一辆卡车，噪声特别大，好像它的发动机是喷气式发动机似的。"

这个游戏也可以作为写作或演讲的练习。有的学生告诉我，他们希望每天都能够用这种方法，让其他人告诉他们更多或更少的信息。我回答这些学生："完全可以！"当别人说的事情引起你的兴趣时，你为什么不说"上色（再多说点儿细节）"呢？我敢肯定，这些人将会心甘情愿地给你讲述更多的细节。

下面，让我将这种方法套用在前文的"亚马逊亚历克莎智能语音设备"这个故事上面，也就是说，在肯·亚当斯的故事骨架的基础上进行"上色"，看一看效果如何。

从前：有一次，我和妻子以及2个孩子到芝加哥度假，旅行时间预计为2周。我们计划去5个不同的城市。出发前，我们在5家宾馆定了房间。

每天：在此之前，我已经养成了习惯，用比较懒的方法打开或关闭我家里的智能客厅的灯。我的方法是，对亚马逊公司生产的亚历克莎智能语音设备发出命令。例如，如果我说："亚历克莎，客厅，关灯！"它就会用遥控的方式，把客厅里的2个灯关掉。事实上，由于开关位置的原因，伸手去关灯有些费劲。

直到有一天：有一天，当我坐在宾馆床上的时候，我开玩笑说："亚历克莎，客厅，关灯！"我这么说的原因是，花费一天时间参观那座城市的博物馆之后，我筋疲力尽，因此就希望发布指令，让智能语音设备奇迹般地把宾馆里的灯关掉，这样我就不用从床上起来去关灯了——当然，我知道这是不可能的，因为我的亚历克莎控制不了宾馆的灯。

由于这个原因：我这时才突然想起来，我在这次旅行中携带了亚历克莎。我带着它的原因是，它能播放音乐、预报天气，还能当作闹钟使用。然而，亚历克莎听到我的指令后，回答说："好的！"

由于这个原因：听到亚历克莎的回应，我意识到，虽然我们家在2000英里（约3218.69千米）之外，但家中客厅里的灯还是被它关上了。当然，在一般情况下，这也没有什么大不了的。但是，那一天的情况有所不同。

由于这个原因：我想起来，那天正好有客人去我家并在我家留宿。客人包括我妻子的大学室友埃琳（Erin）和她活泼好动的8岁儿子保罗（Paul）。我家平常有点乱，所以在我们启程度假之前，把房子整理了一下，并打印了一份文件，一共有5页，告知客人们一些事情，其中包括无线网密码，如何关闭门窗，以及为什么不要把东西留在车内（因为车内任何看起来有价值的物品，都有可能吸引盗贼们破窗行窃）。

由于这个原因：我查看了我在家里安装的另一台智能设备——客厅里的监视器。我发现，客人们在黑暗中不知所措。查看监视器让我感到有点儿尴尬，因为我不想偷看他们。我只是想到，由于要出远门，我们在客厅安装了监视器。

由于这个原因：我不想让客人们知道我在观察他们，但我还是想给他们提供帮助。还有，一旦你去偷偷看一个8岁的男孩，而他不知道你在偷偷看他，这就有点喜剧色彩了。这时，那个男孩说："怎么回事？妈妈！你把灯关了吗？"我本打算让亚历克莎再把灯打开，但全家人都对我喊道："不！"如果我们把灯打开，有可能会吓着他们。如果我们告诉他们，我们在观察他们，或者告诉他们是我们关了灯，在他们眼里，我们就可能变成了偷窥狂。如同往常一样，我的妻子做出了正确的决定。她说："我给他们打个电话。"

由于这个原因：我妻子在电话中说："我忘了告诉你们怎么开灯和关灯。"她的大学室友回答说："天哪！我们正在读你留下的文件，想弄明白怎么样才能打开灯。"当我妻子挂了电话后，我问孩子们："我们是不是应该看一看下面会发生什么事？"他们整齐划一地点头。我们看到，那个可爱的、口齿不清的8岁男孩站在钢琴旁边说："亚历……克莎，客厅，开……灯。"他非常有趣，就像他正在《哈利·波特》（*Harry Potter*）中的世界里施魔法一样。

直到最后：通过监视器应用程序，我们看到他们成功地把灯打开了，并且还为自己的成功欢呼。我们也为他们的成功欢呼。同时，我们还为我们不经意间造成麻烦，随后又巧妙地解决麻烦而感到高兴。

从那天起：那天晚上，我意识到，我已经在家里和我的生活中的许多地方都装上了智能设备。在它们带来方便的同时，我的生活也时时刻刻受到监视。我并不是什么阴谋论者，但请相信，在我度假的剩余时间内，我对亚历克莎下命令时，非常小心。不过我也很高兴，有了智能设备。我们家里有2名客人，而且在不经意间，正是通过这些巧妙的设备，在我不在家的情况下，让我了解到家里发生了什么正常或奇怪的事情，从而解决了问题。

当然，这个版本或许仍然不是故事的最佳版本，但它是"呕吐稿"。我给故事设置了故事骨架，然后使用"上色"和"前进"的技巧，在细节、情感和感悟等多处进行了提升。

至少从这个版本来看，故事开始成形！故事已经有了开头，讲述了发生的事情。同时，有了细节、对话、情感以及感悟，这就使故事更加生动，更加有血有肉。

毫无疑问，我的下一步是把这个故事大声讲出来。不是把它读出来，而是尽可能按照我的记忆把它讲给别人听。如果我去读这个故事，我就会被文稿中的词语和短语所限制。如果我按照大脑中的记忆把故事讲出来的话，我的用词就可能会有所不同。这样做的效果会不会更好呢？在我把故事讲出来之前，恐怕没有人知道答案。

我的故事的下一个版本将是上面两个版本的结合。也就是说，有些部分是我事先计划好的，而有些部分则要即兴产生。故事的理想版本是能在故事中发生了什么（"前进"）以及对故事的渲染（"上色"）之间取得平衡。要知道，当我们讲述故事内容并对其进行渲染的时候，我们给予听众的不单单是信息——我们还要和听众分享我们的经历。

📋 练习："上色"与"前进"

指定一人为"A"，另一人为"B"。根据提示，"A"讲述一个故事，"B"则借助"上色"和"前进"打断"A"的讲述。

要频繁打断！2~3分钟后，"A"和"B"互换角色。

单人玩法：大声讲述故事，用带有秒针的钟表、秒表或其他计时工具计时。每10秒进行一次"上色"和"前进"。也就是说，时间一到，就对刚才最后讲到的故事片段进行渲染，或者停止渲染，继续推动情节发展。

YOUR STORY, WELL TOLD

第七章
故事的调整

开发软件时，前90%的代码要花费90%的开发时间。剩余10%的代码要再花费90%的开发时间。

—— 汤姆·卡吉尔[1]（Tom Cargill），贝尔实验室（Bell Labs）[2]

✐ 转向"诊断"思维

现在，我们已经进入了故事创作的第二个阶段，这同时也是一个关键阶段。在这个阶段中，我们的任务是对故事进行编辑和修改。虽然在这一阶段要付出辛苦和努力，很多人都会感到畏惧，但我却喜欢这一阶段。我认为，这一阶段是你卷起袖子大干一场的阶段。在这个阶段，你要从"构思"思维转向"诊断"思维。也就是说，要从不同的视角审视你的故事，并且转动"旋钮"和"杠杆"进行调整，把故事打造成黏性故事，即能够激发

---

[1] 汤姆·卡吉尔提出了著名的90-90法则，即软件开发工程耗费的时间通常是原计划的180%，主要原因是对困难部分没有足够的估计和时间分配不合理。——译者注

[2] 美国著名科技实验室，为客户创造和提供富有创新性的技术。——编者注

想象、引起兴趣和让人记住的故事。做这件事情有许多方法。正如前文提到的那样，创作故事的方法之一就是把故事讲出来！下面，我将介绍我的几种方法。

讲给自己听

有时候，我只是想知道，故事从我口中讲出来时，听起来怎么样。我会用手机上的录音功能录下我讲的故事。

通常，我不会把整段录音都听一遍，甚至一点都不听。那么，我为什么还要这样做呢？因为对我来讲，这样做有心理暗示作用。我把手机当作我的日常听众。换句话说，有东西在那里"听"我讲故事，就能够起到督促作用，让我感觉自己应该持之以恒，坚持下去。

在我用这种方法讲故事的时候，经常会有令我吃惊的东西突然冒出来——那些我此前没有计划讲和没有预料到的故事内容。

在保障安全的情况下（例如我不开车时），我会听一下录音，弄明白那些意料之外的东西是什么以及它们出现的时间，并考虑是否应该把它们融入故事的框架内。

讲给朋友听

另外一个检验你的故事的好方法是，把故事讲给亲戚朋友，或者任何一个你信任其意见和品位的人。

请记住，当他们给予你反馈的时候，由于他们很可能没有受过"是的，并且"原则的训练，所以他们的反馈方式可能多种多样。这就需要你使用"合气道"的技巧去接受他们的评论，即使在他们的评论不是非常有建设性的时候也是如此。同时，你还要表现出谦虚的态度，让别人觉得你在倾听，并欣赏他们的建议。

如果他们确实有好的建议，又有时间，我有时会马上问他们，我能否把故事再给他们讲一遍。这一次要趁热打铁，把你认同的好建议纳入到故事当中，看一看效果如何。一般而言，由于他们已经知道了故事情节，因而可能会开始关注讲故事的技巧。通常，在你讲完第二遍之后，他们会给你提出更多的建议。

在课堂上讲

小组或类似于我教授的那种班级，是故事讲述者练习技巧和相互提供反馈的绝佳场所。

我建议，对讲故事的时间进行统一限制，以便公平地分配时间，给予大家平等的机会。

另外一个优化讲故事时间的方法是，采取"快速约会"的方式，即两人一组，一对一地讲故事并做出反馈。

在舞台上讲

由于人们对讲故事的热情不减，在美国，许多城市每个月都要举行多场讲故事的活动，给大家提供讲故事的机会。这样的活动被称为"开放麦"（open mic），每个人都可以参加。在一些大城市，这种活动甚至每周有好几次。

这些活动通常采用"帽子抽签"的形式，来决定哪些人上台讲故事。"帽子抽签"的意思是，希望登台讲故事的人先把他们的名字写到纸条上，然后放进一个帽子里面，等待抽签，被抽中的人就是幸运儿，能获得上台讲故事的机会。

在对故事进行加工和改进的过程中，我喜欢使用一些体系去增强故事的效果。这些体系虽然也可以在构思故事时使用，但在对故事进行加工和改进的过程中使用它们，效果会更好。这是因为，在衡量哪些地方做得比较好以及如何进一步提升故事效果方面，它们的作用更加明显。下面，我给大家介绍两套这样的体系。

✎ 讲故事的"成功（SUCCESS）①体系"

我是奇普·希思（Chip Heath）和丹·希思（Dan Heath）两兄弟的忠实粉丝。他们两兄弟是斯坦福大学和杜克大学的研究人

---

① 该词是下文中的简单性（Simple）、普遍性（Universality）、具体性（Concrete）、可信度（Credible）、情感性（Emotional）、故事性（Story）和意外性（Surprise）这7个英语单词的首字母缩写，正好组成了"成功"（Success）一词。——译者注

员，合作撰写了《黏住：为什么我们记住了这些，忘掉了那些》
（*Made to Stick: Why Some Ideas Survive and Others Die*）这部著作。
这本书真的"黏住"了我，我认为在我读过的关于高效沟通的书
籍中，这本书是最佳著作之一。

在《黏住》这本书中，希思兄弟讨论了许多在讲故事、市场
营销和品牌建设等方面的成功案例。他们认为，这些公司之所以
能够成功，是因为它们给人留下了持久的、"有黏性"的印象，
其中包括苹果公司、麦当劳公司和美国西南航空公司。在竞争激
烈的市场中，这些公司因独特的观点脱颖而出。同时，这些市场
赢家还有诸多共同的特点。

虽然希思兄弟的这部著作主要针对的行业是市场营销和广
告，但其中的许多理念同样适用于讲故事，其中就包括克服"知
识的影响"。就讲故事而言，"知识的影响"指故事讲述者往往
会有认知偏差，认为听众能够理解自己大脑中的信息，自己无须
再告诉听众。故事讲述者认为，他们所讲述的故事是他们知晓、
经历和记住的事情，并且在此基础上进行想当然的推断，认为听
众能够理解自己在讲些什么。显然，这种推断往往是错误的，进
而导致他们讲故事的效果不佳。

希思兄弟提出了创作"黏性"故事的"成功（SUCCESS）
体系"。通过运用这一体系，你就可以更好地编辑和修改你的故
事，使之更加有趣、真实和令人难以忘怀。

下面，我将列举该体系的具体原则并进行简明的阐述，以便帮助你更好地衡量和修改你的故事。

简单性（Simple）

你的故事是否有简明的主题？你是否能够把你的故事用一句话概括出来？例如："我儿子掉牙的故事使我意识到，我在坦然接受他的儿童时期已经过去了这件事情上存在障碍。"或者"'我的脸部遭重击'这件事情，改变了我的驾驶习惯。"

这并不是说故事本身要"简单"。事实上，故事的情节和细节完全可以很复杂。但是，故事最终要呈现出单一的"变化弧线"，说明故事的主角已经脱胎换骨，或者意识到某种事情已经发生了变化。

如果你的故事不是仅有一个核心主题，而是有多个故事线索，那么这时你就不要再强调第二和第三个线索，而只把第一个主题当作故事的核心。

我经常注意到这样一种现象：许多人觉得他们要讲的好故事不止一个，因此，当他们讲故事时，在结束故事之前，或者故事的主要情节已经结束时，他们会继续讲出类似"直到有一天，我决定到非洲居住……"这样的话。等一下！怎么回事？故事已经结束，结尾相当令人满意，为什么还要讲下去？要知道，当我在故事的结尾听到"直到有一天……"这样的结构时，我脑海中在听故事时已经形成的故事骨架就会被"刺痛"，我想大喊："停下来！"

因此，我的建议是，故事只需一个核心。否则，你就需要回过头来对故事进行调整，确保只有一个核心。

假如你希望你的故事要表达某种主题，但目前尚未达到预期效果，这时，你需要对故事进行修改，让故事的主题更加简单明确。你需要问自己："这一部分是帮助明确还是损害了故事的主题？"然后，删减对核心信息没有提供支持以及不必要的部分。

普遍性（Universality）

你的故事完全属于你，你的经历造就了你，没有其他人能够替代你。然而，即使你的经历独一无二，你也必须让听众从你的故事中找到与他们相连接的地方，这就是所谓的"普遍性"，这一点非常重要。在讲故事的时候，你需要考虑，你的故事与广大听众的共鸣点和连接点在哪里？

请允许我拿上文提到的杰夫·汉森来举例。杰夫有着特别的人生。他在威斯康星州（Wisconsin）的乡下度过了孩童时光，后来移居到该州最大的城市明尼阿波利斯（Minneapolis）。和他心爱的人结婚后，他又移居到旧金山湾区。生活就这样继续着，他有了孩子，离了婚，换了工作，并踏上了转变和自我发现的道路。

杰夫的一个故事吸引了我，但在最开始听这个故事的时候，我感到迷惑不解。这个故事是这样的，他加入了一个自助培训班，这个培训班是在乡下举办的，课程安排得非常紧。在其中一部分课程中，学员需要进行"心灵探索"，其中包括"倾听"自己的内心。

一开始，我觉得整个故事似乎很不可思议，因为我找不到这个故事的普遍性。故事听起来很牵强附会，模糊不清，因此我认为故事是虚构的。

然而，随着故事的展开，出现了我能理解的故事内容。杰夫对生活感到困惑、害怕。因此，他试图寻找答案。这一点具有普遍性，我完全能够理解。他还讲到，他对课程表示怀疑，即使课程使用的方法比较新颖。这一点我也能理解。通过承认我们正在进入一个"非同寻常的世界"，并通过杰夫的眼睛对这个"世界"进行观察，我能够对杰夫的经历感同身受。我能体会到，杰夫当时正在尝试新的东西，并希望获得最好的结果，即使所使用的方法似乎不同寻常。

一旦杰夫的故事开始包含他对世界的反应和观点，我就更乐意和他一起去探索他愿意探索的陌生之地。事实上，从那个点开始，听到不常见的事情对我来说就变成了趣事，因为我能对杰夫的经历感同身受。要知道，我也是对新事物充满好奇心的人。

检查一下你的故事，看一看"普遍性"在哪里。故事中有使听众产生共鸣的地方吗？那个令人感同身受的地方是什么？一种情感？一段恋爱关系？这将在你讲述具体经历时，帮助听众保持对故事的注意力。

具体性（Concrete）

通常，故事的具体性通过故事中包含的具体细节来体现。"我上了校车"不是具体的细节描述，而只是泛泛而谈。由于生活经历不同，在听众或读者的大脑里，这部校车的外观和给人的感觉各不相同。"我连续踏上黄色校车门前的3个台阶，进入校车，从满脸笑容的司机旁边走过。这时，我注意到，只有很远的最后一排有一个座位，而那儿坐着几个'校霸'[①]。"你如果这样讲述的话，听众就会获得具体的"视觉印象"，知道你的位置和周围环境。

在前文中，当我们做"上色"和"前进"的游戏时，我们就是在练习强化故事的具体性。借助我们的感官和情感，就可以把泛泛而谈的"我走进了她的客厅"加工成"客厅的吊顶犹如大教堂的天花板一样华丽，整个墙面全部由玻璃组成。站在那里，加州马林县（Marin）茂密的红木林尽收眼底。"加上细节之后，故事的描述显然更加丰富和生动。

[①] 指学校中比较强势，经常欺凌他人的人。——编者注

可信度（Credible）

我注意到，在"飞蛾讲故事大赛"中，有一些绝佳的故事只得了中等或较低的分数，原因是评委认为故事不真实。其实，那些故事结构缜密，情节逐层推进，转折出人意料，结尾也无可挑剔。然而，它们往往在10个故事之中只能排第8名左右。这背后的原因是什么？要知道，当我们讲述真实故事的时候，听众们有这样的期待：故事听起来一定要真实可信。

那么，我们怎么才能让听众觉得我们的故事真实可信呢？其实，我们可以注意下面几点。

讲述真实的故事

首先，假设你要讲的故事是确实发生在你身上的真实故事，并且你有能力把记忆中的事情比较准确地表达出来。如果是这样，你就有了良好的开端，这是因为，想让虚构的故事听起来很可信，是另外一种不同的挑战。事实上，如果你在派对上给别人讲述真实的故事，在讲述某些内容时，你会很流利。然而，有一些细节或许只有在讲述的过程中你才能想起来，而正是这个原因，故事才听起来更加真实、可信。

如果听众看到你在讲故事的时候回忆故事、被故事逗笑或被故事感动，原因是那个故事确实是真实的，且具有感染力和娱乐性，那么，听众就会信任你。你需要做的是，抑制试图让你的故事"更有趣"的冲动，并尽力保留感觉最真实的地方。

接受不完美

有时候，流畅地讲述真实的故事，反而让听众觉得缺乏可信度，这背后的原因很难解释。也许，当故事讲述者在多次排练之后把故事完美无缺地背诵给听众时，听众会认为故事不真实，并把故事讲述者当作表演独白的演员。

这就陷入了"第22条军规"①式的两难处境。许多作家和故事讲述者都注重用妙言佳句来讲述故事，以便产生影响力和共鸣。那么，为什么他们应当不露锋芒，呈现不太完美的版本呢？原因是，听众只有在感觉真实时才会相信故事是真实的。

这并不是说，对故事进行精心准备是糟糕的事情。我认为，最好的故事是那些在正式讲述之前和讲述过程中经过创作、润色和检验的故事。我提出的战术是，对筹划准备进行适当的限制，并对临场发挥持开放态度。允许故事"漂移"，允许自己溜进"想起来"的状态。此外，还要允许自己在讲故事的时候做得并不完美。与此同时，要知道如何掌握自己的故事节奏，并在恰当

---

① "第22条军规"源自美国作家约瑟夫·海勒（Joseph Heller）的小说《第二十二条军规》（Catch-22），这条并不存在的军规已经成为"难以逾越的障碍""无法摆脱的困境"和"自相矛盾"的代名词。本书作者在这里的意思是，讲述故事需要事先进行精心准备，但过度的准备又会让听众觉得故事不真实，这就造成了一种矛盾。——译者注

的时候抛出富有感染力和文学色彩的佳句。

提供细节

另外，故事的可信程度还来源于非常特别的细节，而那些细节只有你才能纳入到故事当中。在我的"表兄诺曼"的故事里，我把诺曼描述为一个出色的故事讲述者。这种描述过于宽泛，并没有给听众提供关于他的真实信息。由于很多人都讲故事，听众不会觉得诺曼具有特别之处。然而，我讲了一个关于他的趣事：

诺曼的身高大约为6.5英尺（约为1.98米）。他大耳朵、大鼻子，还戴着一副宽大的眼镜。

他经常会给我讲这样的故事："哦，科里，我要给你讲一讲我看过的一场精彩的电影。电影的名字为《七宗罪》（*Se7en*），是一部悬疑片。科里，这部电影很吓人，是一部非常令人恐惧的悬疑片。电影结束后，我去找我的太阳镜。我最后发现，太阳镜就在我的脸上！科里！"

此外，在我讲述这个故事的时候，我模仿了诺曼浓重的纽约口音，以此表现他的特色。如果听众此前不相信这是个真实的故事，那么，当我讲述关于诺曼的更多生活细节的时候，听众或许就会更加愿意去想象诺曼的样子了。

事实上，我们应当尽量找到能够帮助听众产生身临其境的感觉的细节。这些细节可以是对环境的感知（例如：猫身上的味道扑面而来），也可以是对故事角色的描述（例如：他一头长发，身上文着某个特别的图案），还可以是故事中的故事（比如诺曼看电影的经历）。细节增强了可信度，也许还能增强普遍性。试想一下，你在讲述某个人的细节后，如果听众心想，"我也认识这样的人"，这是不是说明你的故事具有普遍性呢？

独特表现

你讲述故事时的表现力，同样可以增加或降低故事的可信度。例如，伊娃·施莱辛格（Eva Schlesinger）是伯克利"飞蛾讲故事大赛"的常客，还经常获得名次。伊娃的嗓音高昂而单调，显得非常不自然。此外，她讲述故事的时候面无表情，严肃至极。然而，听众们却喜欢她。她故事中的每个词都经过精挑细选，时间把控也恰到好处。她的故事充满了非常可信的细节，并且总是用画龙点睛之语收尾。虽然她讲故事的方式有些夸张，但她的故事（其中包括想买一罐椰汁的故事）总是能够令听众着迷并赢得他们的夸奖。

伊娃通过精心刻画故事中严肃的角色，能够让故事素材本身去表现故事内容，而听众则愿意相信她的"故事安排"。要知道，在大多数情况下，如果讲故事的人让听众觉得他是在表演，听众就会和故事讲述者拉远距离，故事的可信度也就随之下降。

总之，故事的可信度是上述要点的结合。通过把特定的细节纳入你真实的故事，并用不完美或完美无瑕的方式进行展现，观众就会"买账"，觉得你的故事是真实的。

所以，在你打算润色你的故事时，请检查一下你的故事是否具有上述要点。你可以问自己这样的问题：这一部分感觉真实吗？在"讲"或"演"的时候，我应该如何增加细节，让听众相信故事真实发生过，并且还发生在我的身上？

情感性（Emotional）

人有感性的一面，我们普遍有相同的情感。我们会有爱、害怕、吃惊、悲伤、高兴和担心的感受。当我们经历了引发和传递这些情感的事情的时候，我们对这些情感会有更深的体会。

在能让我们感受到某些情感的时候，故事的效果最佳，这一点与戏剧、音乐和美术相同。那么，故事如何激发听众或读者的情感呢？

描述情感

在讲故事的时候，故事讲述者除了告诉听众发生了什么，还要让听众感受到故事主角在故事中的情感。例如：

我害怕极了。我全身赤裸，一个人站在走廊里，无处躲藏。我特别想大声哭喊，结果却觉得自己很可笑。

在描述几乎任何一个事件的时候，都可以加上一些情感描述。在讲述故事时，你需要描绘当时的情景，让听众产生身临其境的感觉，无论你故事中的角色当时是兴高采烈，还是无限悲伤。尽力让听众对故事中的角色产生同理心，如果听众能够与你建立连接，产生共鸣，听众就愿意与你"共同经历"你的旅程。

在重新回顾我儿子关于"我的脸部遭重击"这个故事的版本时，我意识到，他在描述那个故事时，大部分时间用的是第三人称。他首先描述的是我做了什么以及那位女士做了什么。然后，他把自己置身于故事当中：

听到这句话，她暴跳如雷："不要告诉我深吸一口气！"这时，我很害怕，因为我不知道她接下来要做什么。

之后，我爸爸说："我车上有孩子。"

如果你在讲故事时描述自己的情感，听众就会感同身受，就能更好地理解你当时的情感状态，因而就会更好地与故事互动。

感受情感

讲故事是一种表演艺术，因此，讲故事时传递情感的另外一种途径是感受情感。例如，如果你正在享受故事中的某一时刻，并且听众能够感觉到这一点，听众也很可能会享受那个时刻。

如果某个部分回忆和讲述起来令你感到痛苦，导致你不得不放缓速度，不用着急，慢慢来。听众也不会着急。要知道，情感是故事可信度的体现，因为你在讲故事时的情感能够把你和听众连接在一起，让听众陪你重温旧事。因此，在讲故事时感受情感，与听众产生共鸣，至关重要。

当然，在讲故事的过程中操纵情感，令人反感。很显然，听众不想被故事讲述者操纵，不希望自己的情感表现是故事讲述者"努力"的结果。然而，当情感和故事的讲述都非常真挚时，听众就会觉得自己与故事的连接增强了。

故事性（Story）

这一点似乎不言而喻，没有必要单独指出来。然而，一定要记住，在起草或修改故事的时候，必须要让你的故事具有故事的功能。你可以思考这样的问题：

- 这个故事有开头、主体和结尾吗？
- 这个故事是否遵循了某种结构？

如果你的故事从本质上来讲具有故事的功能，听众就会更加能够与故事建立连接，并愿意记住你的故事。

如果你的"故事"出现与下面的例子类似的情况，就称不上是真正的故事：

- 你所讲述的只是你留学海外时遇到的事情的简单罗列。

- 你只是进行了单口喜剧表演。

- 你只是列举了一系列数据，告诉听众某种感染在新生儿当中的发病率。

如果你的故事缺乏递进的情节或恰当的结尾，请花时间去润色和完善，以便优化听众在听故事时的体验。就我们前文所讲的故事骨架而言，你的故事必须要有场景（从前），主人公（可以是你），冲突（由于这个原因）以及导致发现和变化的事件（从那天起）。

关键的问题是，要吸引听众的注意力，你面临两个最基本的挑战，那就是如何激起听众对以下两个问题的好奇心：

- 接下来将发生什么？

- 故事如何结尾？

如果你的听众一直被上面两个问题所吸引，你就能够保持他们对故事的兴趣，并将他们带到故事的结尾。这样的话，他们或许就能更好地记住你的故事，甚至以后还会把你的故事讲给其他人听。

更重要的是，你的故事越个性化，听众就越愿意与你的故事

159

建立连接。如果你的故事让听众觉得你是一个永无过失、永远正确的人，他们就不愿意去听。这样的"故事"已经不是真正的故事，而只是对成功的自夸，或者是对聪明和创造力的炫耀。

意外性（Surprise）

奇普·希思和丹·希思两兄弟在《黏住》这部著作中表示，"出乎意料"的时刻，不但能够吸引听众的注意力，还能够激发他们的想象力。希思兄弟用2001年别克公司的新款昂科雷（Enclave）汽车（该车型装有遥控滑动车门和全景天窗）的广告片作为例子。在这部广告片中，一家人兴高采烈地乘坐崭新的新款昂科雷轿车在大街上兜风。突然，一辆轿车高速撞了上去，之后只见玻璃和金属碎片七零八落地散落在地上。这时，屏幕中间陆续打出了"没有人料到会发生这种事吧？""从来没有"以及"在任何情况下都请系上安全带"的字样，同时，屏幕右下角出现了"美国交通部"几个字。

这样一来，那部广告片好像根本不是新款昂科雷汽车的广告片，而是美国交通部关于交通安全的公益宣传片。出乎意料吧！

当你开始讲故事时，你就同时为听众或读者设立了预期。这些预期既可能与你的故事内容有关，也可能与你本人有关。因为除了故事内容，听众或读者还会在你的年龄、性别、衣着和其他因素上建立预期。

实际上，在很多情况下，这反而为你提供了机会。你可以顺势设置听众对某种话题或故事的预期，然后讲述出乎意料或者反直觉的故事，让他们有始料未及之感。

如果你讲述的是一个真实的故事，怎样才能做到这一点呢？由于你知道发生了什么（如果那件事出乎意料），你就可以进行反向设置。也就是说，你要问一下自己，进行怎样的设置，才能最终出现让听众或读者感到出乎意料的事？就像新款昂科雷汽车广告片做出的效果那样。

在前文讲述的"表兄诺曼"这个故事里，诺曼留下了一大笔遗产。由于他生前过着节俭的生活，因此这件事让我以及其他认识他的人都感到意外。其实，我在故事中讲述了关于他过着节俭生活的细节，又告诉听众我发现了他去世后的秘密，这实际上是一个反向设置。这个设置会让听众觉得，诺曼不大可能是个有钱人，他的秘密或许与他的个人生活方式有关。

✏️ 讲故事的"'飞蛾故事会'体系"

"飞蛾故事会"总部的人们为人和善，具有远见卓识。他们在自己的网站上为故事讲述者列出了一些行之有效的原则。

在前文中，我介绍了希思兄弟提出的"成功（SUCCESS）体系"，并进行了调整和补充。接下来，我将采取同样的策略，讨论如何利用"'飞蛾故事会'体系"去修改你的故事。

与"成功（SUCCESS）体系"类似，"'飞蛾故事会'体系"虽然可以帮助你激发灵感和练习构思，但它的主要作用是帮助你衡量自己的故事，找到薄弱点并进行改进。

简单性和真实性

你能用一两个词总结你故事的主题吗？在我教授如何讲故事的课上，在大家听完一个故事后，我有时会提出这样的问题："这个故事的主题是什么？"同学们给出的答案常常出乎故事讲述者的意料。一位同学刚刚讲了一个故事，内容是她帮助一个坐轮椅的朋友脱离了泥泞的海滩，而她的其他朋友则只是旁观并嘲笑她。但她的同学认为，她的故事的主题是"友谊""忠诚"和"自私"等。这从侧面说明，她的故事的主题不够明确。

或许在你把故事讲出去之前，不会确切地知道故事的真正主题是什么。你故事中的事件不是你故事的主题，故事的主题是其他东西。

"飞蛾讲故事大赛"通常有一个明确的主题，比如年龄、终结等。但如果你去"飞蛾讲故事大赛"听了10个关于年龄的真实故事，你会发现，有些故事的主题与大赛的主题无关，比如家庭关系、战胜困难等。

为了使故事主题简单明确，你需要仔细研究你的故事。你还可以把故事讲给其他人听，然后询问他们："我的故事的主题是什么？"然后，根据别人的反馈，再次研究你的故事。你需要询问自己："我应该在什么地方增加或删减内容？如何增加或删减才能检验、支持和增强我要传达的真实信息？"

▲ "飞蛾讲故事大赛"现场

图片来源："飞蛾故事会"；摄影：凯瑟琳·谢弗（Kathleen Sheffer）

普遍性

在做到让故事的主题简单明确后，故事讲述者需要进一步增加或增强故事的普遍性，而这一普遍性或许就体现在故事的主要事件上。

你是否有关于特定事件的故事？比如你和家人到海边度假的

故事。

我就有这样的故事。当时，我们在加勒比海地区度假，但我父亲裸体潜水，令我尴尬不已。虽然这种特定的故事或许不会发生在你身上，但我有理由猜测，你在过去或许遇到过你身边的人让你感到尴尬的事情。因此，"我身边的人令我感到尴尬"这个普遍性的概念，能够把故事讲述者与听众连接起来。

我发现，即使故事的前提①不可思议，或者我根本没有经历过故事中的事件，我也能感受到故事的普遍性。例如，我从来没有到过外太空，更没有《星球大战》中绝地武士（Jedi Knight）的能力，但我能感受到，卢克·天行者的挣扎、需求、恐惧和希望都具有普遍性。

请让我再举一个例子。虽然我不是一条鱼，并且皮克斯动画工作室创作的《海底总动员》中的情节是虚构的，但我仍然可以感受到玛林（Marlin）对它儿子尼莫（Nemo）的保护本能，它克服千难万险寻找儿子的坚定决心以及尼莫从天真到成熟的历程。

因此，在创作和讲述故事时，你需要找到大多数人都能够感受到的东西，并在此基础上进一步加强，即使你故事中的特定事件极为罕见。事实上，如果你能够和听众进行情感连接，让听众同样感受到你感受到的情感，那么，在你讲故事时，就并不需要

---

① 指有助于推动情节发展的故事初始状态。——译者注

听众也必须经历过你所经历的事情。

脆弱性

在我们的大部分故事当中，我们都把主人公描绘成英雄一样的角色。我们展现给听众的是，主人公坚强有力、能力出众、明智豁达、富有才干，拥有我们想让其他人看到的优点。当我们在参加求职面试或业绩考核时，我们通常会让其他人觉得我们胜任工作，应该提职加薪以及值得信赖。

事实上，我们并非一定要如此塑造故事中的主人公。我想在此分享一个事例，我们班上的安东尼·马斯卡雷拉（Anthony Muscarella）讲述了这样一个故事：

我上幼儿园的时候很淘气，偷过东西。我和蒂娜（Tina）以及桑迪（Sandy）是朋友，但蒂娜不是个好女孩，并且这个故事以后不会再谈到她。桑迪的父亲进口了许多激光笔，就是那种大家做展示时用的，能发出强烈激光的笔。有一天，我到桑迪家去玩，偷了一支激光笔。第二天，我在校车上把它拿了出来……

在这个故事中，主角不是我们通常认为的"英雄式"人物。他实际上有点让人讨厌。他称自己的朋友蒂娜"不是个好女孩"，还承认他自己偷了东西。他设置的故事场景让听众觉得糟糕的事情将要发生。但我被他的故事吸引住了。

我被他的故事吸引的原因是,他暴露了自己的弱点、过失和观点。他惹了麻烦,并且他知道这一点。因此,我对他的故事兴趣大增,对后来发生了什么充满好奇。

在我听到的故事中,有的故事讲述者把自己置身于故事中的主体事件"之上"。他们讲述的是发生在自己身上的事情,但把自己当作"局外人",并声称那件事情"非常神奇"。

这类故事通常采用下面的模式:

我那时对_____很着迷。有一天,我旅行到了一个很远的地方,并偶然遇到了_____。真是太神奇了!

在我看来,这不是一个真正的故事。在这个所谓的"故事"中,主人公缺乏关联性,听众无法了解和喜爱他,原因是他缺乏脆弱性(我在后文会详细解释)。这种讲述方式让人们觉得主人公处于故事主体事件之上。听完这种讲述之后,听众只是了解到,主人公正在学习某个方面的知识,并且非常着迷,仅此而已。

如果你的故事的主人公对伤害、情感和后果都"刀枪不入",具有"免疫力",听众就很难或者根本无法对其产生同理心。当有人站起来告诉大家,他有多了不起、多么聪明和多么有趣时,我的第一反应是:"哦,真的吗?"然后我就开始去寻找他的破绽、漏洞和不足。

这是因为，我们都有脆弱性，都会担心、哭泣和经历失败。当我们让听众了解我们的特点、情感和经历时，我们不是在听众的眼中矮化自己，而是在把自己与听众放置在同一个水平面上，告诉他们，我们和他们一样，甚至还不如他们。这样的话，我们就可以赢得共鸣、同情和理解。

因此，在我讲故事的时候，更愿意降低自己的身份，而不是试图用我的人生经历打动听众。人们喜欢听有关失败者的故事，并乐意看到这个失败者后来的成功和成长。因此，我们在讲故事的时候，需要展示主人公的脆弱性，这样的话，听众就会支持主人公走向成功。与此相对照的是，如果我们过度自信，认为自己故事中的主人公无所不知，永远正确，那么，我们所讲述的就不是一个历程，不是一个故事，并且会让人感觉比较乏味。

我不是想说自己是个厌世者，因而不希望你或者你的故事积极向上。恰好相反，我会为你的成功、学识和克服困难的勇气鼓掌欢呼。然而，请向我展示你故事的主人公的恐惧、所处的危险境地以及承担的风险。这样的话，我就会为他能够克服它们而欢呼雀跃。

总之，我想表达的意思是，故事讲述的是变化和周围环境的影响。如果故事的主人公没有变化，或者没有受到影响，你所讲述的就不是故事。此外，你越是展现故事的主人公的错误和弱点，听众就会更关心和在乎故事的主人公，并支持其克服艰难险阻。

特异性

在"具体性（Concrete）"一节中，我们讨论了在故事中使用"具体性"细节的问题。在本节中，"特异性"与"具体性"大同小异。我们需要询问自己，哪些特定的要点，使得某个事件具有独特的可识别性？为了获得特异性，我们应当做与下面的例子类似的事情（我举了一些例子供参考）：

描述你进入的房间（墙壁的颜色、装饰风格、气味……）。

用故事中角色的口音说话（应当用尊重的方式——声音和口音通常不应该成为笑点，因为它们源自不同的文化和国家，应该被尊重）。

在讲述故事的高潮部分时，要放慢节奏，讲清楚细节（不要一带而过）。

讲述具体情境时，数字要具体（不要说"周围站着很多人"）。

我的学生米尔顿·斯凯勒（Milton Schuyler）在20世纪70年代曾做过装修房屋的油漆工，他讲述了一个发生在那时的故事。有一次，他忍受着肠胃炎的痛苦，承接了一项能够决定他命运的工作。在完成对房间的粉刷之后，他把铺在地板上的遮布收了起来。然后，他搬动梯子，准备收工。但是，他忘记了油漆桶还在梯子上。

我小心翼翼地爬下梯子，快速跑向卫生间。在卫生间待了很长时间后，我走了出来，去搬梯子——顷刻间，一加仑（约3.79升）绿色的油漆朝着玻璃窗飞泻而下，顺着玻璃和木制窗框、窗台淌了下来，溅到了宽大、厚重的深色木地板和旁边的家具上。看到眼前这场面，"扑通"一声，我跪到了地板上，号啕大哭……

米尔顿对当时混乱状况的详细描述，能使我们脑海里浮现出那个房间一片狼藉的景象，进而强化了我们对他的同情。此外，他的描述还有助于引出故事的高潮和结局。听众不禁会问：他还能重新收拾吗？怎么收拾？会被别人发现吗？

在你的故事中，细节描述得越生动，听众就越能够想象当时的景象，这也正是你所希望的。就像在一块巨大的空白画布上作画一样，我们只能让别人看到我们想让他们看到的东西。在你给听众提供想象、思考和相信的依据之前，他们什么也看不到，或者只能凭空想象你所说的情景。

设定"赌注"

在米尔顿讲述他做油漆工的故事时，一开始他就告诉我们，他靠打零工生活。也就是说，他为客户房屋的内部粉刷油漆，然后依靠客户口碑，得到下一份工作。这意味着，他的衣食住行资金并无稳定的保障。

在米尔顿的故事中，他的雇主是一位非常苛刻的女士。她那个时候将要去医院值班，一周以后才能回来。她告诉米尔顿："在我回来之前，活必须干完。"虽然米尔顿当时患有肠胃炎，但为了满足自己的衣食住行需求以及雇主的完工要求，他只得在那一周带病工作。由于病一直没有好，他每天都不得不频繁地去卫生间。

当米尔顿讲到油漆桶从梯子上摔落，绿色的油漆在房间内四处飞溅的时候，我们和故事中的他一样感到绝望。我们为他感到痛心，对他的痛苦感同身受，还担心他是否能收拾好残局。

这个故事有非常高的"赌注"，因此，故事的悬念越升越高。你的故事的"赌注"是你将得到或失去的东西。也就是说，如果事情不按照你的设想发展，将会发生什么？如果事情按照你的设想发展，又会发生什么？

在米尔顿的故事中，"赌注"显而易见。如果他搞砸了，他将无钱支付房租，他将会臭名远扬，以后再也不会得到工作了。

米尔顿别无选择，只能采取应急措施。他告诉居家保姆，油漆未干，不要上楼。然后，他飞奔到五金店，购买了油漆稀释剂、抹布、窗户清洁剂和家具抛光剂。

在他讲到他把整个房间恢复原样之际，我们了解了油漆工这个职业的一两个小诀窍。在危急时刻，他创造性地解决了问题，我们对此钦佩不已。当女房东回到家中，并对米尔顿的完美工作表示满意时，我们和米尔顿一样如释重负。那位女房东还对米尔顿说："这是我给你的小费。我还要推荐你到我的一个朋友家里干活，下周就开始干。"

就这样，米尔顿从自己惹出的麻烦中完美脱身，衣食住行的花销有了着落，还得到了另外一个客户。

如果我们不知道什么是重要的东西，也就不会在意结果。下面，让我们看一看米尔顿故事的"不精彩"版本会是什么样子：

我过去是一名房屋装修油漆工。我很了不起，远近闻名，有大量的客户。有一次，我把一桶油漆弄翻到了地板上。不过这没有什么大不了的，我快速把现场收拾干净，因为我知道如何处理这种情况。最后，雇主对我的工作十分满意，甚至还给了我一大笔小费。

这么讲故事好像缺了什么，不是吗？这个版本的故事有类似的事件顺序，却缺失了"赌注"，没有了主人公的内心挣扎、病痛以及满足客户需求的动力，我们也就几乎不再关注故事中的事件。

所以说，如果你调高故事中的"赌注"，听众的兴趣就会被激发出来。他们会全神贯注，侧耳倾听，希望能听到你说的每一个字。他们充满好奇，纷纷猜测："接下来将要发生什么？"

开发故事弧线

在这里，我再次强调，虽然我在上面讨论了故事的简单性和真实性、普遍性、脆弱性和特异性，但故事必须有清晰的开头、中间和结尾。换句话说，故事必须要有故事弧线，并能够产生这样的效果：故事中的世界过去是那个样子，一件事情彻底改变了它，而现在故事中的世界与此前完全不同。

我非常喜欢我的学生拉拉·努尔（Lara Nuer）讲的一个故事。拉拉生活在加拿大蒙特利尔（Montreal）郊外，她讲述了她还是个小姑娘时，母亲生病的故事。她的故事冲击力强，感人至深。当她讲完故事后，我注意到，她的故事结构有些不同寻常。这是因为，在她的故事里，几乎什么都没有"发生"。

我母亲得了癌症，病得很重。虽然当时我只有15岁，但我每天都要给她注射药物并陪伴她入睡。

就拉拉的故事而言，整个故事弧线就是：我不得不给母亲打针，我给她打了针后，她睡着了。

这是一个简短的故事，包含开头（我不得不给母亲打针），中间（我每天给她打针）以及结尾（打针后她睡着了）。然而，在拉拉讲故事的过程中，我们经历了时间和空间的跨越，感受到了拉拉对失去母亲的恐惧，体会了拉拉对失去母亲之后继续生活的想象，回顾了拉拉母亲生病之前她们母女之间的亲密关系，并了解了她寻找淋巴结、注射药物，以便让母亲再多活一天的详细细节。

这说明，故事弧线并不一定非要错综复杂。它可以是一个简单的行为，有开头、发展和结尾。与此同时，故事主人公的内心世界能够被探索。例如，也许在你的故事中，你上了一辆公交车，和一位陌生人交谈，然后下了车。但你和陌生人之间的互动产生了影响，你们之间的交谈使你重新思考你要去哪里，做什么以及如何支配你的时间、金钱，如何安排生活……

如果你希望自己的故事获得成功，你需要遵循许多原则，其中之一就是要开发故事弧线。良好的故事骨架（无论是哪种故事骨架），清晰的开头、中间和结尾，将给听众带来愉悦的体验，并让他们觉得，你是一个会讲故事的人。

📝 练习：运用讲故事的"成功（SUCCESS）体系"评估你的故事：

找一个你正在创作的故事，并借助下列标准写下你的评估结果：

（1）（正在创作的）故事的题目：_____

（2）简单性——故事最简单的概述是什么？

_____

_____

（3）普遍性——故事具有普遍联系的观点或主题是什么？或者，故事中的哪个场景、句子或情节能够与不在故事现场的人建立连接？

_____

_____

_____

（4）具体性——为了让故事变得更为生动，你正在或将要对故事中的哪些具体细节进行明确的描述？

_____

_____

_____

（5）可信度——作为故事讲述者，你如何为自己建立可信度，以便使听众感觉你讲的故事很真实？

_____

_____

_____

（6）情感性——你在故事中感觉到了什么样的情感？采用什么样的方法，你才能更好地在讲故事的过程中传递那些情感？

———————————————————————

———————————————————————

———————————————————————

（7）故事性——故事的主人公在故事中的经历使其发生了什么变化？经历了这些事之后，主人公的性格与此前相比有何不同（包括内在和外在）？

———————————————————————

———————————————————————

———————————————————————

（8）意外性——你设计或透露的哪个或哪些时刻将使听众感到出乎意料？或者，故事中发生的什么事情令你感到意外？

———————————————————————

———————————————————————

———————————————————————

YOUR STORY, WELL TOLD

第八章
故事的深度剖析

我和妻子结婚前进行了婚前咨询。当时，我们已经订婚，正在筹划婚礼。我们的心理治疗师，我在这个故事里称之为莱维（Levy）博士，帮助我们打开"交流通道"，讨论此前我们两人不太愿意讨论的话题。我们之所以不愿意讨论那些话题，是因为我们两人都担心，那些话题可能会引起争吵，进而导致我们的恋爱关系破裂。

莱维博士没有把主要精力放在回答我们的问题上。他主要给我们提供"工具"，希望我们在未来的日常生活和感情生活中能够用得上。在一次咨询课程中，他把进入婚姻的过程比喻成乘火车，火车快速行驶，越跑越快。他告诉我们，无论什么时候，我们都可以让火车停下来。这是因为，是我们控制火车，而不是火车控制我们。

那一周，我的未婚妻珍妮（Jenny）做了一个噩梦，并在下一次的咨询中讲给我和莱维博士听。在她的梦中，我开着车，她坐在副驾驶位上。她那边的车窗没有关。有一个人走了过来，开始攻击她。汽车一动不动，而她也动弹不得。由于我是司机，她无法发动汽车，因而感到无能为力。最后，在惊恐之中，她从噩梦中惊醒。

珍妮不理解这个梦意味着什么，只是觉得这说明她充满焦虑。她认为，这个梦说明她在心理上还有更多的压力。莱维博士询问了珍妮几个问题，珍妮回答说，筹备婚礼给她带来的压力越来越大，主要原因是许多人要求她对一些重要事情做出决定，其中包括准备请帖、食品、服装、装饰物和鲜花，等等。这么多决定等着她来做，她感觉自己掉入了陷阱，无处可逃，孤立无援。这种感觉和她在噩梦中受到那个人的攻击时一样。

委婉地了解了这些问题之后，莱维博士让珍妮再把这个梦给他讲一遍。当她讲述那名攻击者的细节以及她当时的感受时，她开始把实际生活与潜意识对实际生活的反映连接起来。那一节课结束时，珍妮明白了那个梦的意义：她在人生中的关键时刻遇到了重大困难，而她自己正在思考如何采取对策。在我和珍妮站起来回家之前，莱维博士告诉珍妮："下次再发生这种事，把车窗摇起来。"

有时候，我们努力寻求的答案其实就在我们眼前，但我们却视而不见。例如，在前面我讲述的"我的脸部遭重击"的故事中，如果我及时想起莱维博士"把车窗摇起来"的忠告，就不会挨打了。

在这一章，我们将进一步讨论"你的故事究竟是关于什么的？"这一问题。在我们讲述的故事中，许多故事是由于故事中发生的事情而让人记住。然而，为了让我们的故事真正有黏性，引起共鸣，对别人产生影响，我们还必须挖掘故事的潜在意义，也就是故事所蕴含的深层次的真相和信息。

✏️ 从"从那天起"开始

有一天，我在威基基假日酒店的走廊清醒过来，发现自己全身赤裸。

这是我前文讲述的一个故事的核心内容。它是一个时刻，一个意外事件。那么，我怎么在它的基础上创作一个故事呢？这个片段应该在故事的开头、中间还是结尾呢？

这个问题的答案并非显而易见。因此，让我们对这个事件做更多的探究吧。

为什么

我为什么会全身赤裸地出现在酒店的走廊？原因是，由于梦游，我走出了酒店的房间。然后，房门在我身后关闭，我被锁到了门外，并且，我从梦游中惊醒。梦游是我的一个毛病，从孩提时代到大学时期，我都出现过梦游的情况。

随后发生了什么

我感到万分尴尬，只得用当时已经送来的报纸遮住身体，走到了酒店前台，向服务员再要一把钥匙。当服务员让我出示身份证明时，我耸了耸肩。

事情发生后我有什么变化

后来，我就不再裸睡，至少在这次度假期间不再裸睡。我不希望再出现令人尴尬的场面，因此我就改变了睡觉的习惯。

在这个故事中，"从那天起"这一部分，是使习惯发生改变的事件。这是因为，从那天起，我改变了裸睡的习惯。有了这一信息，就很容易展开反向创作，在故事结尾的基础上，设计出故事的开头：

有一次，我到夏威夷度假。每天……我都裸睡。

这么做需要花费一番精力，解决一些问题。比如：为什么你要裸睡？你能不能对这个事件进行有趣但不粗俗的渲染，帮助听众想象当时的情景。

经过一番努力，我对故事的描述变成了：

（"从前"）我开始了在东南亚为期6周的假期。我的第一站是夏威夷，我要去参加一位朋友在瓦胡岛（Oahu）举行的婚礼。（"每天"）启程前，当我把一个多月的行李装进唯一的背包中时，我觉得应该少带一些衣物并节俭一些。我打算裸睡，这样的话，内衣就不会脏得那么快，洗衣服的次数就会减少。其实，我真的不喜欢裸睡。这是因为，如果裸睡，即使是我一个人，我也感到很暴露，并且我也不喜欢身体直接接触粗糙床单的感觉。（"直到有一天"）在旅行的第一个夜晚，我什么也没有穿就上床睡觉了。当我醒来的时候，发现自己赤身裸体地站在走廊里。

这样的话，故事好像变得好一些了。知道了故事的终点之后，我就从故事的起点出发，根据肯·亚当斯的故事骨架把"变化"包裹起来。在这个故事中，"变化"就是从裸睡到不再裸睡。在这个过程中，我可以添加细节、控制故事节奏和增加情感反应，以便使故事活灵活现，让听众产生身临其境的感觉。

因此，找到你故事中的变化和终点后，你就可以做出反向创作，从"从那天起"这一部分当中，寻找"每天"这一部分的内容。这样的话，你就有了故事弧线的节点。

然而，虽然有了故事弧线，但这并不是说故事一定要按照这个故事弧线来叙述。以上面的故事为例：在这个故事中，我可以不时地跳回另外一个梦游的经历，把梦游描绘成经常发生，而不是孤立的事件。我还可以从在酒店前台发生的事情开始讲起，然后再道出缘由。无论我以什么样的方式讲述这个故事，知道故事发生前后的"变化"，将有助于我弄清楚这一问题，即"故事究竟是关于什么的？"。

故事究竟是关于什么的

显然，上面这个故事的主题不是梦游，也不是故事中实际发生的任何事情，因为它们只是故事中的情节。故事讲述的是人的行为、价值观和道德。对我来讲，这个故事是关于"感到暴露"的，并且这种暴露绝不仅仅是指身体上的暴露。当时，我正在开启为期6周的"自我发现之旅"。当我做出裸睡的决定后，我的旅程从我第一个夜晚一丝不挂、毫无保护地入睡开始。对我而言，这个故事可以进一步演变。事实上，这个故事指出了一个真相，那就是，在这个世界上，我们常常处于被暴露、毫无保护和无依无靠的状态，并且我们都不得不寻求应对这一状态的方法，无论是凭一己之力，还是借助朋友或陌生人的帮助。

或者，也许这个故事是关于这样一件事情，即在你被"暴露"于新的经历之前，你其实并不真正了解自己。

上面所说的内容（以及更多的内容），都可以从这个故事的核心事件中提炼出来。我对这个故事的挖掘越深、越有效，故事的内涵就会越丰富。因此，在这里，我将从"从那天起"这一部分开始，进行反向创作，找到故事弧线，然后挖掘故事深处蕴含的更深层的潜意识中的真相。

✎ 故事中发生了什么

当我踏出"舒适区"时，比如我在做之前没有做过的事情时，我会感觉到自己对新事物的强烈感知。这种感觉与对"每天"日常活动的忽略形成鲜明对比。对我而言，这些日常活动可能包括：沿着同样的路线去上班，在附近的墨西哥快餐店吃饭，每天早上收拾床铺等。

当我们的日常活动规律被打破，并且事情让我们感觉很新鲜的时候，新的故事构思可能就会出现在我们的脑海中。此外，我们还要考虑某个事件是故事的全部事件，还是故事的部分事件。例如，在机场的售票柜台与人发生争吵这件事，是故事的全部事件，还是更大的"旅行"故事中的一部分？（例如，这个故事还包括：在同一天的晚些时候，故事的主人公在飞机上帮助了一个生病的男孩。）

另外，由于设定故事的起点或许是一个挑战，因此，我建议去寻找最短和最简单的故事情节。例如，你可以询问自己：全部的故事是否可以发生在去酒店房间时乘坐电梯的时间段内？或者，是否可以发生在第一次约会时，两人落座和点餐之间的时间段内？

其实，把故事情节压缩到一个简短的时间和空间内，你就把自己的思路释放开了。我们不必局限于发生了什么，而是可以打开多种可能性，包括我们的内心生活、思想斗争以及由事件引发的顿悟等。

或者，如果一个故事依赖于发生了什么事件，并且发生的事件涉及多个互动、交流、地点和场景，那么，我们怎么才能描述故事最简单的版本呢？为了传递最核心的思想，我们怎样才能把互动、交流、地点、场景和时间跨度等简化到最简呢？

当我们擅长简化时，我们就能够吸引大部分听众的注意力。与此相反，如果我们的故事情节跳来跳去，听众的理解就会出现障碍，进而导致他们失去兴趣。

你有没有过这样的经历：你正在读一本书，但由于思路理不清，在读某个章节的时候，不得不往回翻看几页，才能明白作者在讲些什么。或者，你在看视频或电影时，也出现类似的情况。就是说，内容就在眼前，但你已经跟不上情节的发展了。

明白了这个道理，我们就能够抓住听众的注意力，在他们的注意力分散之前，兑现（故事）前提中的伏笔，告诉他们重要的事情将要发生，进而持续吸引他们的兴趣。

在我们讲述简短的故事时，经常会使信息过分复杂化。其实，我们的故事应当有简单明了的故事弧线、情节和主旨。如果故事的中间出现"转折"，进而产生另外的前提、情节或主旨，我们就是在讲两个故事，并且用"桥梁"将两者强行连接起来。

有没有恰当的时间或地点，将两个故事有效连接起来呢？也许有！在判断是否应该将两个故事连接起来时，我常用这样的标准：是否存在更重要的，可以把两者连接起来的，更大的故事或信息？或者，它们是否是独立的故事，只不过被诸如下面的共同点连接了起来：

- 两个故事都发生在我在海外留学期间。
- 两个故事都发生在我和某个人的约会期间。
- 两个故事都发生在我从疾病中康复的过程中。

如果有更大的连接点，那么，"更大的故事"或许是：

- 在海外留学。
- 我和那名约会对象的感情经历。
- 我从疾病中康复。

如果能找到更大的连接点，那就太好了！这样的话，你就找到了更大的、简单的故事，并能够在更大的故事弧线中把两个故事当作故事片段连接起来。如果找不到更大的连接点，如果两个故事都是独特的故事，分别有各自的开头、主体、结尾、关键信息和观念等，我建议你把两个故事分开讲。为什么要把一个故事与另一个故事强行连接起来，去稀释这两个故事各自的力量、关键信息和情感呢？如果在你生活的同一阶段有两个独立的故事，把它们分别讲出来，不是更好吗？

我们中的很多人或许都觉得，生活中会有某个重要阶段或转折点、决定点。那个时间点"决定了我们现在是什么样子"。然而，如果把单独的故事片段或时间点分开，我们或许可以讲出更精彩的故事！我想，你如果仔细分析那个复杂而重要的转折点，抽丝剥茧，很可能会有更多的收获。人生就是这样的一个发现过程。因此，就那个转折点而言，你或许有一系列的独立故事，能帮助你阐述自己在那个转折点中得到的多种收获。

📝 故事要能引发共鸣

我父亲的哥哥，也就是我的伯父鲍勃（Bob），在我写这本书的那年去世了。与我们生命周期中的出生、毕业和结婚等重大事件一样，一个亲戚的离世会勾起我们对他的回忆以及让我们想到他对我们的影响。当我回去参加他的葬礼时，我们到墓地去怀念他，向他告别。我们谈论了许多关于他的故事，内容包括他的孩提时代、成长阶段和成年阶段。

参加葬礼的许多人此前并不了解鲍勃生前的生活。他曾经是一名业余拳击手，他爱他的孩子，还非常喜欢他的狗（狗的骨灰和他安葬在一起）。

通常，我们在举行葬礼和致悼词的时候会讲述逝者的故事，通过多个故事把逝者的人生串联起来。

当时的情况是，鲍勃去世并被火化，但葬礼还没有举行。我们准备举行葬礼怀念他，然而，鲍勃的遗孀没有被邀请参加。你知道在安葬仪式上发生了什么事情吗？根本没有人提到鲍勃的遗孀，包括她的人生、情感关系、她对鲍勃的影响以及任何与她有关的事情。参加葬礼的人们把鲍勃当作父亲、兄弟、伯父和其他关系的亲人，他们怀念和爱鲍勃，而他的遗孀已经与这些人当中的几乎每个人都疏远了，因而她在葬礼上完全没有被提及。

如果我要把这件事情创作成一个故事，我将会被上述细节所吸引，即那些心照不宣的往事、致命的弱点和被埋葬的秘密。这个故事当然是关于鲍勃的故事。但是，对我而言，这个故事讲的是我们生活中复杂的关系，其中包括我们爱的人以及那些不喜欢我们的人——那些试图把我们排除在外，却无法阻止我们去爱他人的人。

事实上，每个故事最终都应当依赖于某一个信息、情感或领悟。

这种领悟是你的听众从你的故事中获得收获的根基。你从来都不是仅仅讲一个"有趣"的故事，也不是仅仅让听众更多地了解你。恕我直言，如果你那样做，就非常无趣！你的故事和人生经历，只有在听众或读者能与之建立连接时才会最有趣。人们希望听到你最有趣的故事，并且希望在听完之后有这样的感觉：
"是的，我知道你要说什么。我也是一个独立的人，现在我知道，
你和我在某种程度上是一样的。虽然我们会有所不同，但这不妨碍
我欣赏你本人、你的选择、你所处的环境和经历的感情。"

我经常会遇到一些人并听他们讲故事。我认为，他们会认
为他们的故事之所以值得讲述，是因为这些故事非常"不同"和
"有趣"。这类故事我听的越多，我就越会思考一些基本点和原
则：我会根据你的故事，判断我是与你紧密相连还是毫不相干。

即使某个故事讲述的经历与我的经历大不相同，我同样能
建立人与人之间的连接，包括信息、情感和领悟。正是在这种时
候，我感受到了最美好的事物，即爱这些故事中的信息、情感和
领悟。这种爱不是我们常说的普通的爱，而是对故事能够激发人
与人之间共鸣的爱。正是这种共鸣，使我在听完故事之后觉得，
我对自己有了更深的认识。

只有产生了这种效果，故事对听众来说才是礼物。故事不是关
于你，而是关于我们。做到这一点，你就完成了讲故事的使命。

✏ 情节支持主旨吗

在我近期的一次课中，前文提到的杰夫·汉森讲了一个故
事，内容是有一年，他把祖母的汽车撞坏了。他的故事有一个滑

稽和容易理解的前提：他和一帮兄弟在他祖父母的房子里玩耍。当时，祖父母不在家，而他和兄弟们想喝啤酒。他们不敢偷喝祖父储存的啤酒，于是就决定开祖母的车到便利店去购买。

计划的第一阶段进展顺利，大获成功。他们开车去了那家便利店，成功购得啤酒，然后兴高采烈地返回。第二阶段则彻底失败。当时，他们已经把车开进了行车道，因第一阶段的胜利而忘乎所以。由于他们的得意忘形，汽车撞上了路边的电线杆。

派对结束之后，杰夫独自在祖父母面前对撞车事故撒了谎。祖父母直视他的眼睛并问道："真的是那样的吗？"杰夫再一次撒谎："是的。"祖母对心怀愧疚的杰夫说："如果你这么说，我就相信你。"

这个故事的结尾是多年之后发生的事情：当杰夫自己的女儿因不小心而撞车，对他说一些片面或虚假的事情，而他对此心知肚明时，他想起了祖母对他的教育与爱——不是责骂，而是用信任让他自己反省。于是，他对自己的女儿说："如果你这么说，我就相信你。"

杰夫所讲的故事，情节很简单：孩子们做了两个愚蠢的决定，一个获得"成功"（买到啤酒），另一个"失败"（撞车）。然而，显而易见，故事的核心并不是关于这两件事中的任何一件。它不是关于买啤酒，也不是关于偷开汽车和撞车的。它其实是一个关于信任、爱、风险以及更多事情的故事。

✏️ "向上"和"向下"

讲故事时，我们通常都从事情刚开始发生的地方讲起。然而，为了使故事引人入胜，在创作故事时，我们需要用两种方法——"向上"和"向下"。

"向上"

当我听别人讲故事或自己创作故事时，常常会寻找某个重要的地点或时间点。这时，故事中的角色往往遇到了危机，需要做出重大决定，或者身处某种特定的情形，正在思考下一步应该怎么说、怎么做。

我是通过使用"向上"的方法找到这些地点或时间点的。在这里，"向上"的意思是，既不向前也不向后叙述故事，而是暂时脱离故事的叙述，以获得综合视角。具体做法是，假设你是故事的讲述者，你需要跳出这个故事的叙述本身，用更综合的视角去观察问题，就如同从直升机或热气球上观察那个时间点发生的事件一样。更综合的角度包括：发生了什么事情；故事的主人公在做什么；从旁观者的角度看，事情会是怎样的；如果故事的主人公不是我而是其他人，我会给出什么样的建议，考虑什么问题，或者做什么事去协助、警告或阻止故事的主人公做出哪些行为？

当然，"向上"并不是说要阻碍故事的发展，改变故事的进程。接下来，我以杰夫的故事举例。

如果杰夫在偷开祖母的汽车之前用"向上"的方式思考，充分考虑了潜在的后果，那么就不会有后面的麻烦，当然也不会有随之而来的"搞笑场景"。这样的话，也许就不会有人愿意再讲起这个故事。事实上，杰夫在这个故事中有多次机会以"向上"的方式思考，且每次这样的思考都会影响故事的后续走向。下面让我们来看看，如果杰夫"向上"思考，故事会变成什么样。

偷开汽车之前：如果杰夫在偷开祖母的汽车之前用"向上"的方式思考，他也许会考虑大家都会考虑的问题："等一下。我不敢偷喝祖父的啤酒，却敢偷开祖母的汽车？当然了！我不可能在偷喝祖父的啤酒后，把他的啤酒重新填补回去，就像没人动过他的啤酒一样。因此，我最后一定会不得不承认自己偷喝了啤酒。偷开汽车则截然不同！我们把祖母的汽车开出去，想办法弄点啤酒，事后把汽车开回原处，神不知鬼不觉，瞒天过海，不会出什么问题。"

事故发生前：当我把汽车开进行车道时，我兴高采烈，乐不可支，兴奋程度丝毫不亚于在重大橄榄球比赛的读秒阶段成功接球的外接手。看到我们停下车、拿着啤酒，我的朋友们在房前的草坪上手舞足蹈，击掌庆贺，而我则成为他们眼中让人羡慕不已的"能手"。我还即兴编了一段橄榄球进球后的庆祝舞蹈，把12

罐啤酒"嗖嗖"地像抛橄榄球一样抛出去，让它们在我面前摆成一个圈儿。我顺利到家，安然无恙，克服了一切障碍——不，除了一个障碍。

在这里，我们设计了一个停留点，把故事中的人物"冻结"起来，浓墨重彩地描述他们的喜悦心情。所有这一切都是巧妙的安排，目的是让听众在不知不觉中"放松警惕"，然后再突然抛出让他们倍感意外和震惊的事情：汽车撞上了电线杆。

坦白之前：祖父母回来时，他们还不知道汽车受损的事。我满脸通红，眼中噙满泪水。我是否应该像一个好孩子那样，坦白我的"罪行"？假设我是自己的朋友，我现在会提出什么样的锦囊妙计？我是会说："和盘托出吧！祖父母爱你、信任你，别辜负那份爱和信任。他们会原谅你的。"还是会说："让布赖恩（Brian）来当替罪羊，祖父母从来都不喜欢他。就说是布赖恩的坏主意，而你只是不小心信了他的话，上了他的当。这样的话，你只需以上当受骗为借口，做个解释就万事大吉了。最多再表示一下，自己会承担起自己的责任，向祖父母提出愿意付修车费，就可以了。"最终，我还是撒了谎。

其实，"向上"在这里会带来多种情形。故事的主角可以为自己的不道德行为辩护，演绎出多种结果，而这些丰富的"可能发生的结果"都可以作为你的故事的一部分。事实上，这正是我们在讲故事时要做的。同时，这样做还可以体现出故事中的角色在做重大决定时复杂的思想活动，以让故事更生动。

我的另一种"向上"的方法是，站在别人的立场思考问题。

当我返回诺曼的公寓清理他的房间时，听众或许会记得，我将会发现他的"秘密"。但我没有急急忙忙揭开谜底，而是"向上"，即延长那个时刻，方法是设想如果我自己是诺曼的话，会怎么想。在这里，我按照"向上"的方法把故事中的对应部分重新整理一下。

就这样，我进来清理他的公寓，独自一人待在他的公寓里面。但我的感觉很怪。我不知道你们当中是否有人曾做过类似的事，反正这种事我是第一次做。你在那里清理东西，决定物品的去留，我的感觉就好像是"让我看看秘密在哪儿？"

你知道，我很伤心，但我现在是单独一人，和别人的东西在一起。这会让我去设想，当我离世后，如果别人单独在我的房子里，会是什么情形。例如，我或许会想："当我离世后，当别人看到我的物品——400个水晶球和一箱凌乱的照片时，他们会怎么想？"那些东西是我最近想方设法收集的。在我眼里，那些东西价值连城，非常重要。然而，对别人来说，那些东西则可能一文不值，没有一件是重要的。

"向下"

如果说"向上"是为了让故事讲述者获得综合视角，跳出叙事过程，那么，另一个值得探索的方向与其正好相反，那就是"向下"。换句话说，就是去探索故事中的角色在某一重大时刻的内在情感，描绘角色的核心情感和领悟。

萨拉（Sarah）是我的一个学生。她曾在课堂上讲述了她此前的一段感情经历。她当时的恋爱对象是一位年龄较大的男子。他们的恋爱拥有一个梦幻般的开局，正如萨拉所说："他让我神魂颠倒。"随着两人交往的深入，那名男子的丑态再也无法遮掩，开始逐渐暴露——他骗走萨拉的金钱，打击她的自信心，把她贬得一文不值，甚至令她丧失了人身安全感。当萨拉把这一切告诉她母亲后，母亲毫不犹豫地向她伸出援手。她母亲说："你现在就去机场，我为你购买下一班回家的机票。"随后，萨拉开始讲述她没来得及拿走的那些东西和它们的价值，以及家庭和友谊的珍贵。

从结构上讲，这样的故事是在"向低谷坠落"。也就是说，事情的发展已经很糟，并且会越来越糟。

在遇到这种情况时，即当故事的重点是一系列具体的糟糕事件时，我建议采用"向下"的方式去取代单纯的事件描述，转而挖掘事件对故事主角的情感影响。通过叙述这些感性的情感影响，你可以让你的故事直达听众的内心世界，让他们直接感受到你想要表达的核心内容——而那些内容，你原本想通过具体的例子来表达。

如果我是萨拉，我会这样讲述这个故事：

当我开启那段恋情的时候，我的心中充满希望。我纯真无邪、积极乐观，内心充满柔情与爱意。我梦想得到余生的温馨浪漫、甜蜜陪伴和安全保障。我把我的银行账号信息以及养老金账号信息都给了他。这么做，我心甘情愿，因为我相信他会用我的钱为我进行再投资。我毫无保留地信任他，坚信他会娶我。我还坚信，如果我提出结婚，他一定会立即照办。我给他的这种信任、尊重、爱恋和忠诚，我此前从未给过其他人。

当我在此提及故事要点时，我没有把它们用具体的场景描述呈现出来（例如，描写萨拉把重要的信息给他人、求婚的具体场景等）。我只是把它们当作故事的梗概，纳入对萨拉一厢情愿的虚幻梦想的描写之中。

随后，我会抓住要害，这样表达：

我没有意识到悲惨的结局正在日益临近，因为我太希望看到隧道尽头的那束光，却从没有想到，这个看似充满爱恋的隧道可能是一个没有尽头的黑洞。最后，当我痛哭流涕、孤立无援、心灰意懒，不得不给母亲打电话时，一切都为时已晚。那个男人不仅骗走了我的积蓄、养老金和身份证明，还夺走了那个原本愿意去爱、去信任、去感受他的姑娘，并让这个姑娘为自己所付出的一切而深感后悔、痛苦绝望。当我登上飞机，逃离涉及那座城市和那个男人的生活时，我重新感受到了飞抵那座城市之后从来没有感受到的心情，那种心情饱含着希望、自由、轻松和安稳。

"向下"的策略不仅适用于沉重的话题，在轻松愉快的话题中，其作用同样显著。一个荒唐搞笑的冒险故事，如果我们"向下"挖掘，去探究为什么会出现如此荒唐的事情，那么这个故事就会让人感到更加有趣。就杰夫把车撞到电线杆上的故事而言，虽然由于责任和真相的问题，故事结尾让人感到杰夫不那么诚实，但还是有许多情节回味无穷，因为那些故事情节表现出了侥幸思维带来的麻烦及一些幽默。"向下"挖掘那些事件，有助于探讨故事的主人公在孩提时代的不安全感和内心的渴望，从而使角色更加饱满，故事更有深度。

所以，无论是"向上"寻求综合视角，还是"向下"探究角色内心深处的情感和与读者的共鸣点，都是讲好故事的有效方法。大家可以借助这两种技巧，在讲故事的过程中按下"暂停键"，在继续叙述故事主线之前，给听众留出时间去思考和回味。

✎ 旧故事的新意义

是什么把短时间内的故事和永恒的故事区别开来的呢？当然是时间！当你踏上学习讲故事的征途之后，你很快就会明白，故事就在我们周围，包括我们每天生活的故事，我们吃晚餐、约会的故事，以及我们把孩子抱上床睡觉的故事，等等。

短时间内的故事可以描述我们日常生活的各种片段。由于这些故事大多是刚刚发生的，所以它们能够像日记一样传达我们对环境的感知，精确度高，细节也十分到位。

但如果你把短时间内的故事放置一段时间，然后在一个月、一年或更长时间之后再去审视它，你就会发现新的东西。随着时间的推移，故事的"从那天起"这一部分或许会有新的意义，因为你和环境都已经发生了变化。

随着年龄、经历和思想的变化，我喜欢重新审视自己的故事，并把它们看作可能发生变化的、动态的生活经历。我发现，有时候，我在某一时刻对故事的描述恰到好处。但是，当我过一段时间再重新审视那些故事时，我会有新的感悟，并且能够用那些新的感悟去修改我的故事。

我发现，我根据记忆创作的故事——比如关于我儿童时代经历的故事——或者戏剧性的故事，不太容易改变。这样的故事让我有一种时间凝固的感觉。

然而，对于目前正在发生的故事，由于它们很新鲜，并且有可能缺乏更宽阔的视角，所以它们值得我们在随后的时间里去重新审视。

另一个重新审视故事的时间（或者理由）是，环境和故事的接收对象发生了变化。例如，你是一名大学生，有一个顽皮的、整夜在外面疯玩的故事。当时，你喝醉了，做出了不理智的决定，发生了许多荒唐的事情。如果你在一个派对上讲述这样的故事，或许能够让同伴笑得前仰后合。然而，如果你在感恩节回到家里，你的祖母问到你的大学生活，你或许就不会原原本本地把那个故事讲给你的祖母，而是会做适当的改动。

人们都有错综复杂的生活经历。我们会觉得，在某种程度上来讲，有些事件不适合对所有的听众讲，因为那些事件让人感到尴尬、羞耻或者不恰当。这就是为什么有些人会说："如果我妈妈听说我讲了这个故事，她会气死的。"在这里，我不是鼓励你在你的家人和朋友面前只讲好的故事，表现得不真实。我只是想说，重新审视你生活中的某个时刻、值得商榷的决定以及与他人的互动，是非常值得的。因为，在随后的时间里仔细审视以前发生的故事，你或许会有新的领悟和感受。

换句话说，你或许现在就坐在故事素材的"钻石矿"上面。生活中的记忆和经历是绝佳的故事素材，通过宏观把握以及运用新的视角和技巧，你可以把它们打造成非常精彩的故事。

我之所以得出上面的结论，原因之一是这样的故事有脆弱性。当你打开心扉，向听众展示你的担心、恐惧和难堪的记忆时，听众们就会感同身受，被你的故事深深打动。

练习："向上"和"向下"

用"向上"和"向下"的技巧润色你正在创作的故事。

故事摘要：故事是关于什么的？

_____

_____

_____

_____

_____

_____

"向上"：故事中究竟发生了什么？从现在往前看，你对故事中的事件能增加什么样的视角？或者，在当时，是什么样的思

考或观点冲突，促使你做出了当时的决定？

_____

_____

_____

_____

_____

_____

_____

_____

"向下"：在故事中的哪些地方你能够暂停叙述，进而挖掘角色的情感活动？在哪些地方你能不再往下讲述角色的行为，而是重点叙述角色是什么样的？那种场景中角色有什么样的反应？还有，如何让听众对角色最终的行为产生兴趣、好奇和感悟？

_____

_____

_____

_____

_____

_____

_____

你的故事究竟是关于什么的？经过"向上"和"向下"的挖掘之后，你的故事现在能展示给或告诉听众什么样的，更深刻的信息、主题和思想？

_____

_____

_____

_____

_____

_____

_____

_____

YOUR STORY, WELL TOLD

第九章

如何记忆故事

本章内容基于我多年来记忆故事和登台讲故事的经验，主要讲述记忆故事的技巧。这些技巧是我多年的经验总结与演讲研究的成果，能够提升故事讲述者讲故事时的自信心和自由度，帮助他们做到既能与听众建立连接，又能体验讲故事时的美妙感觉。

✎ 故事讲述者的记忆技巧

从古罗马时期开始，演讲家们就从《修辞学》（*Rhetorica ad Herennium*）这本书中学习演讲技巧。到了中世纪和文艺复兴时期，这本书更加受欢迎。这本书有很多有趣的内容，其中包括世界上已知的最古老的记忆系统。

在这个记忆系统的基础上，我增加了一些个人的理解，帮助故事讲述者加以应用。我的策略建立在一个概念的基础上，那就是，你知道你的故事，你创作了（或也真实经历了）它，因而你能够很自然地把故事的细节介绍给听众。对我而言，在对我的真实故事的固有了解之上，我使用记忆术回想故事片段的顺序，以达到有效回忆和讲述故事的目的。

这种记忆的策略依赖于我们的一种能力，那就是，记忆图像要比记忆文字容易得多。在讲故事大会上，我经常注意到的一个现象是，等待上场的故事讲述者都在急切地阅读他们打印在三四页纸上的文稿，希望把故事内容都"填鸭式"地塞到脑袋里，就像考试前查看笔记的学生一样。那些故事讲述者都已经把故事写了出来，他们在上台之前这么做的目的，是在重新讲述故事的时候，展示出自己的口才和文采。这种方法的问题在哪里？事实上，我们能够区分出来一个人是在讲故事、读故事，还是在背诵故事。在这种情形之下，我更愿意让他们读故事，这样的话，他们就对得起写下来的文章，还能展示他们的语言技巧。

我喜欢阅读，还喜欢参加作者组织的活动。在那些活动中，作者把自己所写的东西读出来。对我来讲，能够看到他们的写作技巧，欣赏他们的遣词造句和谋篇布局，是一种愉悦身心的体验。在那些活动当中，我并不期待作者把故事、细节和对话用另一种方式表达出来。我只是期待，作者能够以作者的身份，用他们的"声音"把他们的故事读出来。

然而，如同你和朋友聊天一样，在讲故事大会这样的场合，人们并不期待正式的风格，华丽的辞藻，更不希望故事讲述者照着文稿读。一般而言，故事讲述者的声音是他们本人特色的一种体现。他们讲故事的声音打开和揭示了他们的往事，让听众真实地体验那些经历和感悟。

也许有人会问，故事讲述者的声音可以有练习、彩排和"为表演而特别设计"的痕迹吗？答案是，当然可以！其实，那些精心设计故事、用词恰当、充满热情和结尾精彩的演讲者，都令我钦佩不已。

但是，当故事讲述者让人觉得他不是在讲故事，而是在刻板地按照"剧本"表演时，他们就会丧失可信度。与准备不足类似，讲故事之前过度彩排，或许对故事本身是一种损害。当我觉得有人是在独白而不是讲故事时，就会觉得他事先做了准备，只是把一本书或戏剧的部分内容读给我听。这样，我就失去了与故事讲述者的连接。

因此，在《修辞学》中介绍的记忆系统的基础上，我总结出了下面的技巧，帮助你既能在讲故事时回忆起你的故事，又能避免陷入死记硬背和不自然的陷阱：

- 把故事分解为故事节拍。
- 把故事节拍与叙事挂钩连接起来。
- 通过与回忆相连接的视觉化记忆，顺畅地把故事回忆起来。

故事节拍

故事节拍可以是一个场景、顺序或特定的细节，因此，设立节拍的方法有很多。对于诸如《杰克和吉尔》（*Jack and Jill*）这样含有短故事的儿歌而言，故事内容可以分解为如下的节拍：

（1）杰克和吉尔（"从前"）。

（2）去上山（"每天"）。

（3）二人一起把水担（"直到有一天"）。

（4）杰克一跤（"由于这个原因"）。

（5）把头摔（"由于这个原因"）。

（6）吉尔跟着滚下来（"直到最后"）。

对于诸如"表兄诺曼"这类较长的故事，节拍可以更随意一些，只要能提示正在发生什么或将要发生什么即可。我把这个故事分解成了如下的节拍：

（1）诺曼去世。

（2）料理后事。

（3）发现秘密。

（4）描写诺曼。

（5）电影《七宗罪》。

（6）穷游。

（7）"肛门的独白"。

（8）生日派对。

（9）清理诺曼的公寓。

（10）遗嘱。

上面的两个例子都对故事节拍进行了简明的概括，干净利落。在《杰克和吉尔》这个例子中，故事节拍与故事的具体内容片段相同，尽管许多地方要发挥想象力。在"表兄诺曼"这个例子中，故事节拍按照情景进行组合，以便故事讲述者一直能够讲述关键信息，不会丢失情节。

把故事节拍与叙事挂钩连接起来

为了说明如何把故事节拍与叙事挂钩连接起来，我将借助上面两个故事和两套独立的"储存系统"进行举例。首先介绍一下"存储系统"，它们可以被称为"叙事挂钩"。在你讲故事的时候，"叙事挂钩"如同挂着东西的挂钩，能够帮助你快速、清晰地回忆起故事节拍。

几乎任何东西都可以当作叙事挂钩。例如，你自己的身体有着一定的顺序——脚、膝、胯和臀等。你的手同样有顺序——从右至左，从大拇指到小拇指。你的房子、汽车、办公室、教室……都有一定的顺序，你可以借助它们，创造有明确顺序的"存储系统"。

需要注意的是，叙事挂钩对你来讲必须是特定和熟悉的，比如你自己的身体、你上课的教室和你的房子等。为了让这种记忆技巧行之有效，你要能够把叙事挂钩视觉化。因此，如果你的叙事挂钩是你的房子，你应当能够借助房子中的特定物品，在脑中把叙事挂钩形成视觉化景象并排序。例如，叙事挂钩的顺序可以是门前的台阶、门把手、门厅的衣帽架、客厅的卫生间和厨房灶台。

叙事挂钩（示例一）

下面我们首先以《杰克和吉尔》为例。我在这里使用身体的部位作为叙事挂钩，我选择的顺序如下：

（1）脚趾。

（2）膝盖。

（3）臀部。

（4）胸口。

（5）嘴。

（6）大脑。

在我们把每个故事节拍与叙事挂钩精确地连接起来之前，我们首先要把故事节拍转化成视觉化景象，以便让我们能清晰和生动地回忆起故事片段。

故事节拍的视觉化景象（示例一）

（1）杰克和吉尔——想象一个气锤[①]。

（2）去上山——想象长满苔藓的青山。

（3）二人一起把水担——想象用锈桶装的一桶冰水。

（4）杰克一跤——想象秋色之中一棵美丽的树[②]。

（5）把头摔——想象一只破裂的牙套[③]。

（6）吉尔跟着滚下来——想象一个布娃娃在甩干机里面翻滚。

把叙事挂钩和故事节拍的视觉化景象组合在一起（示例一）

为每一个组合创建记忆脑图：

（1）气锤砸到你的脚趾上。

（2）长满苔藓的青山从你的膝盖上长了出来。

（3）你一屁股坐进了一只锈桶里，锈桶里面全是冰水。

[①] 杰克（Jack）与气锤（Jackhammer）在原文中有联想记忆的共同点"Jack"。在汉语的语境中，也可以通过词汇、谐音、情景等，去寻找共同点并展开联想和记忆。——译者注

[②] 在这里，联想记忆的共同点为，"摔跤"和"秋天"在英语中是同一个单词（fall）。——译者注

[③] 把头摔（broke his crown）与牙套"tooth crown"之间存在联想记忆的共同点"crown"。——译者注

（4）秋色之中的一棵美丽的树从你的胸口长出来。

（5）感觉到牙套破裂后嘴的剧痛。

（6）布娃娃在甩干机里面翻滚，而甩干机在你的大脑里面。

在上面的例子中，我特意选择了简单、形象、生动，甚至有点令人不安的记忆脑图（例如气锤砸到你的脚趾上）。通过描述你选择的、令人惊讶的情景，你就有了更加生动的印象。因此，你可能记得或不记得类似气锤的物品，但是，如果气锤砸到你的脚趾上，记忆起来会更容易一些，因为气锤砸到自己脚趾上的痛苦感觉，是一个黏性的、痛苦的和特定的记忆，回忆起来比较容易。你可能会有这样的感觉：哎哟！我看到（或感觉到）一只巨大的气锤砸到我的脚趾上（在想象当中）。太棒了！这就是这个故事的第一个节拍！

沿着身体的部位向上，接下来的记忆脑图是：膝盖上长出了长满苔藓的青山。以此类推，按照叙事挂钩的顺序沿着身体向上，直到完成整个记忆脑图，并在生动的记忆脑图的提示下把故事叙述完毕。在讲故事的舞台上，我想象自己穿着一套无形的盔甲，而这套盔甲就是我的故事的记忆脑图，就像我把故事"穿在"身上一样。这套盔甲只有我能看得见或感觉得到，借助这套"穿在自己身上的盔甲"，我就能够顺利地回忆和讲述故事（见下图）。

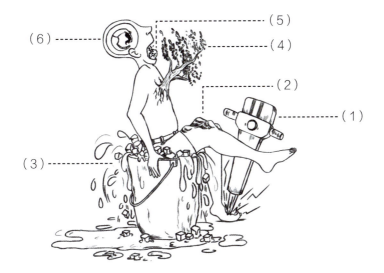

▲《杰克和吉尔》的记忆脑图

叙事挂钩（示例二）

我的第二个例子以"表兄诺曼"这个故事为基础，叙事挂钩是我两只手的10个手指。巧合的是，这个故事正好有10个故事节拍，因而结合得会比较好。

（1）右手拇指。

（2）右手食指。

（3）右手中指。

（4）右手无名指。

（5）右手小指。

（6）左手小指。

（7）左手无名指。

（8）左手中指。

（9）左手食指。

（10）左手拇指。

故事节拍的视觉化景象（示例二）

（1）诺曼去世——想象一个墓碑。

（2）料理后事——想象一个蝴蝶结[①]。

（3）发现秘密——想象被拉链封上的嘴（保守秘密）。

（4）描写诺曼——想象一只大鼻子（就像我将要描述的诺曼的特点一样）。

（5）电影《七宗罪》——想象那只深色的太阳镜（故事中的一部分）。

（6）穷游——想象一枚硬币。

（7）"肛门的独白"——想象一个臀部。

（8）生日派对——想象一支点燃的生日蜡烛。

（9）清理诺曼的公寓——想象一只扫把。

[①] 蝴蝶结（bow tie）与料理后事（tying up loose ends）之间的联想记忆的共同点为单词tie及其动名词tying。——译者注

（10）遗嘱——想象一卷老式的羊皮纸。

把叙事挂钩和故事节拍的视觉化景象组合在一起（示例二）

为每一个组合创建记忆脑图：

（1）墓碑从右手拇指上伸出。

（2）蝴蝶结缠绕在右手食指上面。

（3）拉链把右手中指的指尖上的嘴封住。

（4）大鼻子长在右手无名指上面。

（5）右手小指上有一副深色太阳镜。

（6）硬币在左手小指上。

（7）臀部在左手无名指上。

（8）燃烧的蜡烛在左手中指上。

（9）扫把从左手食指上伸出来。

（10）一卷羊皮纸在左手拇指上。

如同《杰克与吉尔》的记忆脑图一样，刚开始的时候，这个故事的记忆脑图只是几个模糊的视觉化景象，但经过多次练习之后，故事节拍的视觉化景象就和叙事挂钩（10个手指）结合了起来。这样的话，我在舞台上讲故事的时候，我的双手就能帮助我回忆故事。我低头看一下手指，就可以"看见"一只墓碑从我的右手拇指上伸了出来。这时，我就知道，我的故事应当从诺曼的去世开始讲起。随后，我右手食指上的那个"蝴蝶结"就会提醒我，应该讲述料理后事那一部分了。

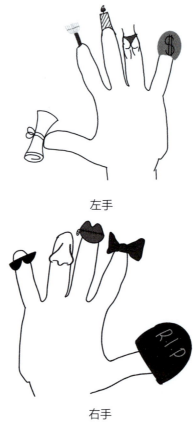

左手

右手

▲ **"表兄诺曼"的记忆脑图**①

---

① 图中右手拇指墓碑上的"R.I.P"为"rest in peace"的缩写，意为"逝者安息"。——编者注

故事的讲述

通过回忆相互关联的视觉化记忆，流畅地回忆故事，这听起来有点不可思议。然而，在讲故事的过程中，我经常使用这种方法。在讲故事时，我会看（真正看或者在脑海里"看"）叙事挂钩并回忆故事节拍，然后把注意力转向听众或故事本身，并在这两者之间转换。在我叙述故事和回忆故事节拍的时候，我会持续"窥视"故事骨架，找到下一个叙事挂钩，以便提醒我自己接下来应该讲什么。

请允许我沿着前文的步骤继续往下讲故事。接下来，我将朝我的手看一下，看到我的右手中指上面被拉链封住的嘴。由于看到了故事节拍与叙事挂钩在这里的连接，我就开始讲述故事的下一个部分，也就是"就是在那里，我发现了表兄诺曼的秘密"这一部分。

随后，我继续往手上看，"看"到了右手无名指上的"大鼻子"。这时候，我会对听众说："请让我介绍一下我的表兄诺曼……"。就这样，一个手指接着一个手指，或者说一个叙事挂钩接着一个叙事挂钩，我就能一直沿着故事的轨迹讲述我的故事，无须担心忘记故事片段的顺序。

那么，我会不会忘记讲述故事的某个部分呢？比如我喜欢的某个金句，或者我喜欢的特定的描述性语句？是的，我会忘记。然而，对我来讲，这没什么！只要故事的基本内容被讲述出来，并且讲述过程流畅，我就认为故事的讲述大功告成。

如果后来我想起来自己忘记了故事的某个部分，并且那个部分是重要的故事节拍，不应该被忘记。那么，我就会重新设立叙事挂钩，把它们连接起来。这样，我下次讲述这个故事的时候，就不会忘记了。

当然，这套记忆系统对你在"上色"和"前进"方面的开放性和能力有较高的要求。如果说故事节拍是"前进"的标志的话，那么在故事节拍之间，你要做的就是恰当地应用渲染（"上色"）的技巧。也就是说，你可以借助趣闻、细节和情感对故事进行渲染，然后回到故事的记忆脑图上，按照顺序继续讲故事。

这套记忆系统的另一个好处是，它可以帮助你把控讲故事的时间。我们知道，"飞蛾讲故事大赛"要求故事必须在6分钟内被讲完，在第5分钟时，有人会发出声音或播放音乐进行提醒，以便让故事讲述者不要超时。那么，如果你有这样的故事的记忆脑图，你就可以直接缩短对故事中的某个部分（通常是最后的部分）的渲染，并在6分钟的时间限制之内完成故事的讲述。

请相信我，你的视觉化记忆效果要超出你的想象。视觉化景象，尤其是生动、具体的景象，是非常具有黏性的，它们的黏性远远超过文字。如果你试着运用这套记忆系统，在讲故事时，你将总是知道你讲到了哪里以及接下来该讲什么。要知道，这套记忆系统十分有效，已经被应用了很长时间！

📝 练习：创建简单的记忆脑图

选择你的房间内的10件物品，并把它们与你身体的下列部位相对应：

（1）脚趾。

（2）膝盖。

（3）大腿（或腿）。

（4）臀部。

（5）腰。

（6）肚子。

（7）心脏。

（8）下巴。

（9）前额。

（10）头顶。

把这10个身体部位当作叙事挂钩，用你选好的一件物品与其中的一个叙事挂钩相对应，创建视觉化景象将其记住。让"看"和"感觉"的这个视觉化景象，令你感到好笑。然后，逐一创建接下来的视觉化景象，直到建立起完整的记忆脑图。

随后，按顺序逐一回忆那些视觉化景象。

为了获得更好的效果，你可以设定回忆的时间（比如一个小时后或一天之后），并检验你是否能够回想起那10件物品。

📝 练习：为故事创建记忆脑图

首先，选择一个你正在创作的故事，或者你很熟悉的，已经创作完毕的故事。或者，挑选一个你能将其分解为故事节拍的著名故事（童话故事就比较合适）。然后，借助本章教授的方法，为故事创建记忆脑图。

叙事挂钩

把下列身体部位当作叙事挂钩，储存故事片段内容。叙事挂钩的顺序如下：

（1）脚。

（2）膝盖。

（3）大腿（或腿）。

（4）臀部。

（5）腰。

（6）肚子。

（7）心脏。

（8）嘴。

（9）鼻子。

（10）头顶。

如果你想替换这里的某个身体部位，可以做出调整，但要记住顺序，并能在不看列表的情况下回忆起来。

故事节拍

把你的故事分解为故事节拍，数量不超过10个，每个故事节拍由1～4个字的简单短语构成，帮助你在讲述故事的过程中想出接下来要讲什么。（例如：故事节拍可以是盒子、比萨、室友回家和回复地址，等等。）

（1）_____

（2）_____

（3）_____

（4）_____

（5）_____

（6）_____

（7）_____

（8）_____

（9）_____

（10）_____

　　按照顺序，把每一个故事节拍的视觉化景象与叙事挂钩逐一连接起来。例如："脚踩进了硬纸盒""鲜嫩的马苏里拉芝士和意大利香肠代替了我膝盖上的皮肤"，等等。不要担心这些联想荒唐可笑，视觉化景象越具体、越生动形象，就越容易被记住。

（1）_____

（2）_____

（3）_____

（4）_____

（5）_____

（6）_____

（7）_____

（8）_____

（9）_____

（10）_____

　　按照顺序，想象叙事挂钩上面的故事节拍的视觉化景象。请把注意力集中在按顺序排列的景象上，按照列表顺序进行练习。必要时做出调整，以便使每个景象都具有"黏性"，"粘贴"在叙事挂钩上面。从（1）~（10）都是如此。

接下来，把故事讲给你自己或其他人听。在讲故事的过程中，把注意力集中在按顺序排列的每一个视觉化景象和叙事挂钩的组合上。如果没有其他人帮忙，你可以按上述方法讲故事，并使用手机、电脑或其他设备进行录音。

YOUR STORY, WELL TOLD

第十章

故事的开头与结尾

我认为，就讲故事而言，最重要的事情是如何开始和结束故事。就这么简单！把这两点把控好，其余的就会易如反掌。

听起来毫不费力，但真有那么简单吗？答案是肯定的，前提条件是在彩排和讲故事时，把开头和结尾当成最重要的部分来处理。

否则，你可能会像许多人一样，在讲故事的开头时，会这样讲：

"那么……嗯……（叹气）……好的……哦，我真的很紧张……嗯……这稍微有点复杂，不过……好的。我当时……20岁。对，1990年……我当时20岁。"

我一点也没有夸张，这种状况屡见不鲜。你想即兴发挥、走上舞台后以这种方式开头？如果你这么做，你在很多方面已经失败了。你失去了听众的注意力，听众不再相信你能够讲出好的故事，你还丧失了宝贵的时间（讲故事比赛通常有时间限制）。在余下的时间里，即使你讲得非常棒，也只是在对磕磕巴巴的开头做弥补。

🖊 有力的开头

故事的开头为听众的感受奠定了基调。就你的表现而言，听众会察觉出你是自信、还是紧张以及你是直接表达还是间接表达。听众会判断你的故事是否有理由让他们保持兴趣。

精彩的第一句话或第一个段落，能够触发听众许多积极的情感。你要充分利用这个时机，激起听众的好奇心，为故事设立基调，或者让听众了解你。

此外，如果你是一个讲故事时比较紧张的人，登上舞台后，一旦你对开口将要说的话抱有信心，知道开头要说的具体词语和句子，你就会集中注意力，并缓解紧张情绪。清晰而有震撼力的开头，将提升你对自己及故事的信心。如果你能够按照事先计划，在开始时讲出自己要讲的话，你就会心态放松，信心倍增。这相当于告诉你自己："我成功了。接下来，我要继续讲我的故事。"

另一个常见错误是，在故事的开头做非常长的铺垫，讲述错综复杂的故事背景，而这个故事背景对你正在讲述的故事并不重要。我把这种做法称为讲故事时做"超长热身操"。你费尽了力气，却拖延了故事进程，反而事倍功半。然而，你可能会认为，你的故事背景有趣而重要，有助于引导出将要讲述的故事。

事实上，听众在没有了解诸如你有多少兄弟姐妹，或者你父亲靠什么为生等故事背景的情况下，仍然能够饶有兴致地沉浸于故事主体当中。因此，你没有必要在开头就长篇大论地介绍故事背景。

你的故事是在讲述故事主人公的经历。如果你认为有些背景对你的故事很重要，那么就在观众需要知道相关信息的时候，把背景插入进来。否则，故事的开头漫无目的，毫无章法，将会使你显得业余和仓促，这是讲故事的大忌之一。

例外并非常态

我记得有一位到了"飞蛾讲故事大赛"现场后，临时决定参加抽签的医生。他事先毫无准备，但最终登台讲述了他此前从未讲述过的故事。

事实上，他的故事开头毫无章法，缺乏准备和计划，是你能够想象出来的糟糕的开头之一。当时，他站在台上，浑身颤抖，窘迫万分，花了一分钟时间去解释，然后才正式开始讲述他的故事。然而，他开始讲故事之后，却掌控了听众！这背后的原因是，他坦诚地说出了自己的秘密，他是如此的脆弱和坦诚，以至于听众喜欢上了他，并给予他足够的时间，让他慢慢开始讲述他的故事。

当他真正开始讲述他的故事时，我和其他听众一样，全神贯注地倾听，兴奋地期待着，渴望发现他埋藏在心底多年的秘密。

我的意思是，讲故事要有好的开头，但并非不能有例外。然而，在大多数情况下，如果你打算以生活经历为基础创作故事，最好还是把那位医生的例子当作例外而非常态。

也就是说，你毫无准备地登台去讲故事，不排除你讲得不错甚至非常棒的可能。然而，你也很可能搞砸！不过，这其实不是一件坏事！我们应该在不足暴露后及时发现问题，集思广益，找出对策，在坚持使用有效策略的基础上弥补不足。

如果你的开头非常精彩，抓住了听众的兴趣点和注意力，你就可以自信而优雅地继续讲述你的故事，并激发听众强烈的好奇心。

✎ 有力的结尾

与拥有精彩的开头一样重要的是，故事需要拥有有力的结尾，它能让故事稳稳落地。如果你的故事以富有震撼力的句子结尾，听众就更有可能喜欢、记住和欣赏你的故事。

事实上，有力的结尾能够产生奇妙的效果。我们知道，在叙述故事的过程中，出现"柔软点"，或者有些地方的效果欠佳，这些都不足为奇。但是，当故事以有力的方式结尾，观众得到了强烈的情感满足时，此前的不足都会得到听众的"原谅"。

在旧金山湾区，前文提到的伊娃·施莱辛格是创作精彩故事结尾的行家之一。伊娃讲故事时表现得有些特别，面无表情，每个句子都经过精心准备。她的这种风格，与我在本书中提倡的风格有很大不同。她故事中的每个词都经过精挑细选，时间把控也恰到好处。然而，伊娃的风格并不适合于每个人。这是因为，她有点过度依赖文本，让一些听众感到不适，并产生距离感。这就是为什么她有时候会由于过于完美而丢失可信度。观众会问，她讲的故事是真实的吗？然而，当她用画龙点睛的金句结束故事时，无论听众对她讲故事的过程有什么样的评价，都会开怀大笑，热情欢呼，并对她的讲故事技巧钦佩不已。

最近，她讲述了一罐平价椰汁的故事。故事情节的重点是，由于椰汁罐子上的价格标签的位置不合理，她费了很大的劲儿才把吸管插到罐子里面去。这样的故事前提有些奇怪，也很平淡，基本上不能引起人们的兴趣。然而，她花费了大量时间描述她喝到椰汁的方法和细节，这既让听众感到迷惑不解，又令他们感到饶有兴致。

当她讲述标签的位置时，故事显得很荒诞，而当她讲述如何把吸管插入罐子的细节时（这也是她唯一的着重点），故事又显得很滑稽可笑。随后，她说出了一句金句："有些饮料价格高，但让人难以下咽，让人买不起或不愿意买，这罐椰汁虽便宜，喝起来还颇费周折，但喝着挺爽。"

她仅仅用一句话，就总结了故事的信息、主题以及故事的戏剧色彩。这已经非常了不起了。

如何结束你的故事

在创作故事结尾时，我最喜欢的方法是往回看。我们可以问自己这样的问题：我们已经介绍和设置了什么内容？有什么东西可以再加进来吗？是不是应该加上某一句话或者别人的建议中提到的内容？

这样做是为了厘清故事的脉络。要知道，听众开始听你讲故事时，他们对这个故事几乎一无所知。换句话说，听众对故事中角色的特点、生活和经历知之甚少，甚至一无所知。听众知道的是你告诉他们的。明白了这一点，你就会认识到，你有能力引导听众去了解和理解你的故事中的角色。因此，你可以在讲故事的过程中，为设置故事的结尾做准备。你可以在讲故事的过程中厘清脉络，设置线索、动机和意象，并一直把听众吸引到故事的结尾。最终，简明扼要地结束你的故事，给听众留下深刻的记忆和有用的信息，进而赢得听众的赞许。

另一个创作结尾的方法是，从故事的结尾开始创作故事。如果你知道将要怎么结束故事，比如用金句、令人震惊的结论或教训来结尾，那么，你就可以逆向创作故事。请记住肯·亚当斯的故事骨架以及"每天"和"从那天起"之间的连接。如果你知道故事结尾的"从那天起"这一部分是什么，那么你就可以在此基础上展开"逆向创作",创作故事的开头,然后再把听众逐步引导向故事的结尾。

下面我举一个例子。兰迪·比尔德(Randy Beard)讲述了一个很精彩的故事,但这个故事需要一个结尾。他的故事是这样开头的:

我童年时期对母亲有两个比较深的记忆。第一个是我大约3岁的时候,我玩她的打字机,结果惹了麻烦。第二个是我5岁时,和她一起步行到离家不足一英里(约1.61千米)之外的教堂去接我哥哥。当时是黄昏,我记得我这一侧的道路上的白线。我妈妈在我的左侧,拉着我的手。这时,一辆汽车的车灯光从后面照了过来……突然,我感觉一阵强风把我吹倒,就像有人在我肚子上猛击了一拳一样……

兰迪的母亲在那场车祸中去世。他在故事中讲述了那场车祸对他的影响,并表示他心中有个挥之不去,没有人能够解答的疑惑。他的疑惑是,没有人相信他也被车撞了,因为大家都认为,如果车真的撞到了他,那么他的结局也会和他妈妈一样。然而,兰迪的那种"就像有人在我肚子上猛击了一拳一样"的感觉挥之不去。直到有一天,他向他的女友讲完这个故事后,他的女友说:"你从来没有觉得是你妈妈把你推到一边了吗?"

他重新回忆了车祸的细节。他记得，当天他醒过来的时候，躺在路中间，周围的警车上的警灯不停地闪烁着。

后来，兰迪说："不过，我不知道如何结束我的故事。"

如果把结尾比喻为果实，那么种子在前面已经被播种了。有时候，故事讲述者很难注意到已结出的"结尾之果"。其实，在兰迪的故事中，种子已经长大成为果实，等待他去摘取。

让我们再看一下故事的开头："我童年时期对母亲有两个比较深的记忆……"其实，这个开头给我们提供了创作出故事结尾的良好条件。这是因为，在故事的结尾，我们可以对故事开头的内容进行重新组合，添加新的东西，创造冲击力。

下面，我将介绍一下，我怎么给这个故事结尾。我的方法是，把故事开头的内容重新组合，同时做一项较大的调整：

我童年时期对母亲有两个比较深的记忆。第一个是，我大约3岁的时候玩她的打字机，结果惹了麻烦。第二个是，她救了我的命。

重复前面使用过的词语和句子，或重新提及前面说过的观点，能够给予听众有始有终的感觉，听众能够记得故事从哪里开始，谈论了什么事情以及故事进行到了什么地方。

在故事的最后，如果你能给予听众最后的升华，激发他们的情感，或者让他们开怀大笑，你就获得了成功。更重要的是，如果你的结尾有这样的情感片段，听众就会"原谅"你此前的瑕疵，这些瑕疵包括故事的有些地方不够有力量，缺乏幽默感，不太有趣，或者不够具体。

总而言之，如果你的故事有精彩的开头，并能够以有力的结尾稳稳落地，你的故事就有了成功故事的基本要素。

练习：珍珠串

珍珠串是很好的小组练习，有助于创建故事节拍，尤其是开头和结尾。

练习者们自己选好各自的出场顺序，然后依次出场，并说出故事中的一句话。

本练习的目的是，大家一起讲述一个完整的故事，每次只讲一句之前没被提到的故事内容，但不按照故事内容原本的顺序来讲。这个练习的具体步骤如下：

第一位练习者走向练习场地或舞台的最左侧（以观众的面朝方向为准），说出虚构的故事中的第一句话。

第二位练习者走向练习场地或舞台的最右侧，说出故事的最后一句话，并尽量与第一句话毫无关联。然后，两人各自重复自己所说的话，相当于"把整个故事再讲一遍"。

然后，其余的练习者依次出场，每人说一句话，每句话在故事中原来的位置不限，但最终要把故事内容串起来，使整个故事说得通，有意义。

每添加一句话，参与练习的人都要按顺序把之前说过话的所有人说过的话再重复一遍。这个练习的乐趣是，练习者所说的话的顺序，不一定是故事内容原本的顺序。虽然第三位练习者所说的话一定是在故事首尾之间的"某个地方"的内容，但第四位练习者可以决定他说的话是在开头和第三位练习者说的那句话之间，还是在第三位练习者说的那句话与结尾之间。同样，随后出场的练习者也可以选择把所说的话放在自己想放的位置。请记住，每新加一句话，大家就把已经被说出来的故事片段从头到尾再重复一遍。

这样的话，后来出场的练习者就需要连接故事的"点"。也就是说，看到故事的某个地方有一个情节设计后，就在后面做出回应。或者，看到后来发生了某件事情，就在故事前面的部分添加铺垫。这样的话，当最后一位练习者出场时，就能够使得整个故事的叙述有完整的意义。每一位参与练习的人都必须找到"空缺"并把它填补上。要么对模糊或没有界定的地方进行澄清，要么只是把头脑中的第一个想法说出来。

我对那些不太主动的练习者的建议是，"出场"越早，对你来说玩这个游戏就越简单，因为逻辑限制较少。最后一位出场者则相当于最后的黏合剂，把没有连接的地方连接起来，或把没有解决的问题解决掉。

参与这个练习的人最好为7人或8人，但人数多一些也无妨。最少为3人，这种情况下，人数虽然少，但练习者仍可以练习有开头、中间和结尾这样的基本框架的故事。

故事内容被这样分解之后非常有趣，因为我们可以看到故事成分是如何相互关联和支持的，故事是如何被构建的以及故事是如何被开头和结尾"包裹"起来的。参与游戏的时候，一定要仔细听大家说了什么，并且不要排斥或忽略别人说过的话。这是因为，如果每句话都得到了重视，将有助于新加入的故事中的话更加具体和明确。

当所有人都出场并讲述完毕，并且故事从头到尾，所有的内容都被讲述了一遍之后，故事的"珍珠串"就完全连接了起来，练习也就结束了。

这个练习也可以用写作的形式来做。在这种情况下，参与练习的人每人在便签或卡片上写下故事的一个片段，并把它们贴在墙上或其他地方。与上面的口头练习类似，书面练习中，每人只写之前没被写出来的故事内容中的一句话，直到故事完成并有完整的意义。

✏ 最后的准备

现在，让我们看一下，讲故事之前要做的最后一件事情是什么。你已经有了良好的故事开头和结尾，脑海里还有故事的记忆脑图。现在，你马上要登台去讲述你的故事了。

那么，你怎样才能把上述内容有机地整合在一起呢？在这方面，我有一个技巧，那就是在登台前在脑海中进行"热身"。

具体方法是，对自己大声说出故事的开头和结尾。

例如，如果我是前文提到的兰迪，在登台前，我会大声对自己说："我童年时期对母亲有两个比较深的记忆。"并重复一遍。

是的，我把同一句话重复了一遍，因为兰迪的故事的开头和结尾的内容高度相似。如果故事的开头和结尾不一样，我做的会有些不同。例如，在讲述"表兄诺曼"这个故事前，我会对自己大声说："我今晚的故事的主角是我的表兄诺曼，诺曼·韦纳。"以及"我真的非常思念他。"

这样一来，我的脑海中和口中就有了这两句话，登台之后大声而清晰地说出它们就容易得多。登台前，无论我是否紧张，这样做都能提振我的信心，让我相信自己在登台之后，能够以自己希望的声音说出整个故事当中最重要的两句话，即故事的开头和结尾。

我登上舞台之后，走向麦克风，深吸一口气，说出故事的第一句话。这样，在潜意识里，我会认为自己已经克服了第一道障碍！我成功了！第一句话已经成功地被我说出去了，听众不会把我轰下台了！

现在，最困难的部分已经被我战胜。我开始按照叙事挂钩和故事节拍来讲述我的整个故事。在讲故事的过程中，在某个时刻我会觉得自己正在接近故事的终点——无论是因为时间有点紧张，还是因为我确实正在靠近故事的结尾。

无论实际状况是否与我的计划或练习的结果一致，我都开始"向故事的结尾前进"，脑海中回忆着故事的最后一句话。

这时候，我会觉得从容不迫，因为我已经准备好了。最终，我用决定性和自信的口气，结束了我的故事。

请大家想一想，与那些常见的、匆匆忙忙的结尾方式相比，这种结尾方式的效果有多么出色。在故事大会现场，我曾无数次地听到这样的结尾："我想，我讲完了？"这种结尾还有多种类似的形式，其中包括"就这样吧。""我想，就到这儿吧。""嗯，随后还发生了一些事，但我已经没有时间了，再见。"

因此，如果你的故事结尾能够成功"站稳"，你和你的故事都会给听众留下深刻的印象。

这种"热身"还有另一个优势，那就是，能够帮助你在候场时集中精力。在故事大会现场，一个常见的现象是，候场选手紧张地坐在那里，手里拿着打印出来的故事文稿。他们不停地翻阅文稿，或浏览，或细读，把故事内容"填鸭式"地塞进脑中，并希望当他们站在麦克风前时，能够回忆起故事的内容，就如同他们在参加历史考试时希望能够回忆起历史知识一样。

我坚决不同意这种做法！在候场时这么做，很可能会使你更加焦虑和紧张。其实，那些担心会忘词的故事讲述者，会更加容易忘词。在意识到自己遗漏、忘记故事内容，或者没有按照漂亮的故事文稿进行讲述时，他们心里通常都会有"糟糕"的感觉。

然而，如果只把精力集中在故事的开头和结尾上，并且大声对自己说出开头和结尾，你就会有信心让故事的开头和结尾富有力量。至于开头和结尾之间的内容，一般不会有什么大问题。毕竟，你讲述的是自己创作的故事，或许还是你的亲身经历。因而，你应该能够在不依靠文稿或提示的情况下顺利地讲出来。当然，事先做一些计划和准备，将会提高讲故事的效果，因为这样做可以厘清顺序，完善细节，把情节和表述手法更好地组合起来。然而，这些工作应该提前去做。在马上就要登台展示自己风采的时候，最好还是放松一些，感受一下现场的气氛，并牢记故事的开头和结尾。

我最喜欢的应用这种技巧的例子之一，出现在第二届旧金山"飞蛾讲故事大满贯比赛"（Moth GrandSLAM）上。那场比赛在美丽的卡斯特罗剧院（Castro Theater）举行。这种比赛是由"飞蛾故事会"组织的大型比赛，只有"飞蛾讲故事大赛"月度比赛的获胜者才能够被邀请参赛。而在月度比赛时，参赛选手是通过抽签决定的。同时，"飞蛾讲故事大满贯比赛"的观众人数通常是月度比赛的好几倍。例如，这届比赛的听众人数就接近1400人！站在如同百老汇剧院那样宽大的舞台上，即使是经验很丰富、心态很好的选手，看到台下这么多听众急切地等待听他的故事，也会感到紧张。

在这次"飞蛾讲故事大满贯比赛"之前，我的朋友和学生戴夫·马奥尼（Dave Mahony）在月度比赛中胜出，因而受邀参加本次大赛。我有幸担任本次比赛的主持，当我叫到戴夫的名字时，他踏上木台阶，登上舞台。舞台布置得非常华丽，背景是和舞台背板一样高的红色天鹅绒幕布。他走向舞台中央后，并没有去靠近麦克风，而是转身背对听众，面朝幕布。我亲眼看到，他对自己大声说出了故事的开头和结尾！虽然那一刻仅持续了大概10秒，但戴夫把那一刻留给了自己。你可以问那天晚上任何一位在现场的听众，是否还记得这件事情。我觉得，恐怕没有人记得，因为那一刻持续的时间太短。然而，戴夫就是利用了那段短暂的时间，提升了他在那时最需要的信心。

随后，戴夫平静地转过身来，向前走了两步，准确无误地在麦克风前说出了故事的第一句。

在那天晚上的大约1400名听众中，如果有人注意到了戴夫在那一刻的举动，他们很可能会对戴夫的行为感到好奇和不解。他们或许会问，这名选手登上舞台却不讲故事，还背对着听众，这是怎么回事？但没有等到他们解开这个谜团，戴夫已经转过身来，开始讲述他的故事。即使有人认为前面发生的事情是个"危机"，"危机"也已经完全解除了。

通过开场的举动，戴夫得偿所愿，提振了信心，并且为故事开场的方式感到欣喜。戴夫的例子说明，如果你登上舞台讲故事，那一刻的舞台就属于你。因此，你不用着急。如果你愿意的话，分配一部分时间给自己，这完全是你的权利和选择。

此外，拥有清晰、明确和经过充分准备的结尾，并且满怀信心地讲出来，能够帮助你向听众证明，故事的讲述完全在你的控制之下。当你自信、从容和稳健地讲出最后一句时，听众会感受和体会到你的状态，欣赏你的表现。

下面，我再举一个关于要重视开头和结尾的例子。我曾经讲过一个我25岁那年发生的故事。这个故事的开头和结尾分别是：

开头：当我回到家时，看到台阶上放着一个盒子。

结尾：当你收到盒子时，请马上打开它。

正如你或许会预料到的一样，这是一个关于那个盒子的故事。其实，这个故事的内容既不复杂，也不难以记忆。然而，当我走上舞台时，我大声对自己说："当我回到家时，看到台阶上放着一个盒子。""当你收到盒子时，请马上打开它。"

当然，采用这种策略也要根据现场情况进行调整。例如，最近，在我参加的奥克兰（Oakland）"飞蛾讲故事大赛"上，主持人朱莉·索莱尔（Julie Soller）进行了有关我的相当详细的介绍。当我登上舞台后，如果我不对她表示感谢，而是直接开始讲述我的故事，恐怕不太合适。所以，我就先讲了一个关于她的故事，对她进行"反向介绍"！然后，我停顿了一段时间，深吸一口气，说道："当我回到家时，看到台阶上放着一个盒子。"

所有的听众都明白，我要讲述的故事已经开始，因为他们知道，我之前的停顿是有意为之。这样，我的故事的开头就显得清晰而明确，不会让听众产生"两个故事混在一起"的错觉。

最后，我分享一点儿讲故事的秘诀。讲故事时，要果断、清晰和自信。这样的话，听众就会马上被你吸引，仔细倾听你所说的话。你应当尽早吸引听众的注意力，在讲故事的过程中维持这种状态，直到讲完最后一句时，才把听众的注意力"物归原主"。

📝 练习：故事的开头与结尾

开动脑筋，掀起头脑风暴，为你的故事创作第一句和最后一句。

做此项练习时，无须过于谨慎，也无须追求完美。这个练习的目的是帮助你创作引人入胜的开头和令人满意的结尾。

（1）故事题目：

_____

（2）故事的第一句（你可以写多种）：

_____

_____

_____

_____

_____

_____

_____

_____

_____

_____

_____

_____

_____

_____

（3）故事的最后一句（你可以写多种）：

_____

_____

_____

_____

_____

_____

_____

_____

_____

_____

_____

_____

_____

_____

_____

_____

_____

YOUR STORY,
WELL TOLD

第十一章

故事大会

现在，你应该已经准备了一两个故事并做了练习。下一步，你应当去实现自己的愿望，登台分享自己的故事。与创作故事时相同，当登台的时刻来临时，你也应当对自己宽容一些。要知道，你的第一次登台或许会不完美！你可能会忘词、弄乱故事顺序，甚至大脑一片空白。

一般而言，无论故事大会的地点、特色和听众类型如何，大多数听众会对讲故事的人持宽容的态度。这一点与单口相声表演不同。对于单口相声，观众的期待较高，希望演员能够给他们带来欢笑。如果演员达不到观众们的预期，他们可能会非常失望。

讲故事通常不会吸引只图听个乐子的人，而会吸引阅历丰富，喜欢听故事的人。他们愿意去故事大会现场，支持那些勇敢地站出来，在公众面前分享自己真实故事的人。因此，故事大会的听众在娱乐的同时，也很容易被他人的故事所打动，经常有感同身受的感觉。

本章将要讲述三部分内容。第一部分是讲解故事大会的常见类型。第二部分是介绍一些表演方法和技巧。这些方法和技巧，无论对久经沙场的老将还是对初出茅庐的新手来讲，都非常实用。第三部分是我的一些想法和建议，帮助你计划、筹办和宣传自己的故事大会！

📝 故事大会的常见类型

故事大会的常见类型有两种，第一种是用抽签从报名者中选出登台讲故事的选手，被称为"抽签型"。这是一种开放型的故事大会，也被称为"开放麦"（open mic）故事大会。第二种是事先确定好比赛选手，被称为"事先确定型"。需要指出的是，如果把上述两种形式结合起来使用，被称为"混合型"，我们也把它归类于"事先确定型"。

抽签型

前文多次提到的"飞蛾讲故事大赛"就属于抽签型。在这一类故事大会中，人们付费入场，主持人或主办方通过抽签的形式，每轮选出一名选手，直到达到事先约定的人数。因此，与传统的咖啡馆"开放麦"表演活动（顾客自告奋勇，登台表演）类似，一般情况下，这类故事大会的主办方事先不知道选手们要讲什么。然而，通常的做法是，主办方会事先公布故事大会指南，告知人们某次故事大会期待和欢迎什么样的故事，以及什么样的故事比较合适。

其实，在真正的"开放麦"活动中，节目的形式多种多样，其中包括讲故事、音乐表演、单口相声、口技、木偶戏、魔术和杂耍等。

为了对故事内容进行界定或限制，抽签型故事大会的主办方通常会宣布一些规则，以保证故事大会在整体上保持一致。这些规则一般包括以下几点。

时间

一般而言，故事大会的主办方会对故事讲述者设立统一的时间限制，目的是保证每名故事讲述者的讲故事时间相对公平，并掌控整个故事大会的时长。根据事先计划的登台演讲者的人数以及整个活动的时长，每个故事的时间可长可短，一般是从5分钟到20多分钟。

话题

虽然也会有一些例外，但许多抽签型故事大会都会设定主题或具体话题。在许多情况下，设定的主题通常会允许人们有多种解读，以便增加故事和观点的多样性。如果主题的限制性比较强，例如"教五年级的老师"这样的话题，可能会激发一些人讲故事的热情，但同时也会让另一些人望而却步。与此相对照的是，如果设定"老师"或"教育"这样的主题，人们就会有比较宽泛的定义和解释，进而有助于产生出人意料的故事。这是因为，老师的类型多种多样，其中包括学校的老师，驾校的老师以及给你讲述很酷的音乐的表兄（他在这方面算是你的"老师"）。同样，教育也会有不同的定义。例如，活动前的培训，在工作中学习相关技能以及学会相信自己的直觉，这些都可以被认为和教育有关。

基调

绝大多数抽签型故事大会都会考虑希望吸引什么样的听众，因而会设定或提示故事的基调。有些故事大会的主办者或许希望选手们主要讲述和成年人的生活相关的故事，并且通常会通过场地选择、活动的安排以及营销活动去提示这一点。与此相对应的是，儿童故事大会，通常会采取可控的或者普通级（PG-rated）[①]的基调。

真实性

抽签型故事大会多种多样，有些故事大会欢迎包含音乐表演、集体表演和即兴表演在内的故事展示形式。就故事的真实性而言，许多故事大会也会做出规定。有些故事大会欢迎选手讲述虚构的故事，而一些故事大会则要求必须讲真实的故事，或者至少是讲述者本人对真实事件的记忆。

文本

抽签型故事大会通常还会对如何使用文本制定规则。有的故事大会允许借助文本讲述故事，有的则要求故事讲述者不得使用纸条、提词器，也不允许其他人给予提示。

---

① 根据美国的电影分级制度，普通级（PG-rated）的电影不存在不适合儿童观看的内容。此处指故事中没有不适合儿童的内容。——译者注

讲述形式

最后，我还要介绍一下抽签型故事大会的讲述形式。大多数故事大会对期待或接受什么样的讲述形式进行限定或界定。我作为比赛选手参加过众多的故事大会，许多故事大会在围绕主题进行比赛的同时，也欢迎在讲故事时使用舞蹈、音乐表演和即兴表演等形式，以鼓励多样化。

有的抽签型故事大会接受提前报名，抽签后提前通知参赛选手。有的故事大会则现场接受报名，然后抽签并排定参赛顺序，或者规定"先到先得"。还有的故事大会在接受报名后并不立即选出全部参赛选手，而是在前一名选手讲完故事以后再抽签选出下一名选手。

抽签型故事大会有优点也有缺点。优点之一是，虽然大会对主题进行了一些界定，但比较宽泛。因而，这类故事大会通常会吸引充满热情、背景各异、好奇心强的听众和参赛选手。在"飞蛾故事会"的各级别比赛上，我听到了多种多样的故事，它们非常鼓舞人心。同时，不同年龄、种族和性别的人们都能够登上舞台，分享他们独一无二的人生故事，这本身就是一件令人振奋的事情。对大多数故事比赛的组织者而言，故事的多样性能够达到"飞蛾故事会"月度比赛的水平，就已经是一种挑战了，更不用说更高级别的比赛了，这也从侧面说明，抽签型故事大会的故事内容和参赛选手非常多样化。同时，故事内容和参赛选手的多样化使得比赛的趣味性增强，也非常有教育意义。设想一下，看到一位此前没有任何经验、紧张不已的故事讲述者能够让听众或开怀大笑，或伤心流泪，或热烈鼓掌，这本身就是一件令人身心愉悦的事情。

抽签型故事大会的缺点之一是，报名的选手无法保证自己一定能够得到上台的机会。例如，在与"飞蛾讲故事大赛"类似的比赛上，你不能确保自己一定能够登台。然而，如果你参加这样的比赛，最好的心态是，把自己既当作比赛选手，又当作听众！就我个人而言，参加这样的故事大会时，我首先把自己当作听众，把被抽中登台当作"欣喜"或"意料之外"的事情。这样的话，当我没有被抽中时，就会感到坦然自若，而不是大失所望。

抽签型故事大会的另一个不足是，故事质量可能会参差不齐，给人的感觉如同坐过山车。由于登台选手并非提前确定，因此你听到的故事可能会有些粗糙，缺乏打磨，甚至不够清晰。然而，作为此类故事大会的听众，你应该明白，听到好的故事需要一定的运气。不过，从另一方面来讲，由于每名选手讲故事的时间只有5分钟到6分钟，因此，如果你在某位选手的故事开始3分钟后发现这个故事并不理想，你也可以很确定，几分钟之后一个不怎么好的故事就能结束了。

我喜欢"飞蛾讲故事大赛"的一个传统，那就是，在比赛结束后，邀请希望参加比赛但没有被抽中（每次只有10人被抽中）

的人登台讲述他们故事的开头。在伯克利市（Berkeley）的"飞蛾讲故事大赛"上，通常会有28人或者更多的人参加抽签，所以大部分报名的人们都不会被抽中。然而，邀请没有被选中的人登台讲述他们的故事片段，分享他们的人生经历，会给台下的听众留下意犹未尽的感觉。其实，这种安排强调了主办方一直在宣传的理念，那就是，所有的人都有故事，并且其中的许多故事都非常有趣。此外，邀请未被选中的人登台，是对他们的耐心和渴望的尊重和奖励。虽然他们上台的时间很短，但毕竟得到了属于自己的舞台时间，并分享了他们故事的部分内容。

事先确定型

凡是不属于抽签型的故事大会，都归类于事先确定型。此类型的故事大会有如下的几种形式。

主办方事先确定参赛选手的故事大会

事先确定型故事大会通常由主办方邀请故事讲述者。在许多情况下，主办方会寻找特定的故事主题，控制多样性和基调，让活动富有娱乐性。

此外，考虑到营销和宣传问题，主办方还会把有吸引力的节目以及表演者和故事讲述者纳入活动当中，特别是会邀请知名人士，以便吸引人们的兴趣，刺激票房收入。

如果你希望在此类故事大会上登台，最好先以听众的身份去参加大会，了解信息，或者设法与主办方取得联系，询问登台讲故事的流程。了解他们的选拔过程，将有助于你明确方向，以获得更多的舞台时间，提升讲故事的水平。

剧团组织的故事大会

有些事先确定型故事大会是由剧团组织的。这些剧团有固定的或轮换的故事讲述者或表演者。此类故事大会通常不对其他故事讲述者开放，但有时会邀请一些嘉宾。这些剧团组织的故事大会可以用有脚本或无脚本的表演形式讲故事，这取决于各自的品牌特色和主要的听众群体。

如果你希望在这种故事大会上讲故事，你需要受到邀请，或者经过"试镜"。当然，你也可以毛遂自荐，主动向剧团、导演或演职人员介绍自己，表示对参加他们未来的演出感兴趣，然后等待通知。

混合型

正如前文指出的那样，有些事先确定型故事大会采用了混合型的形式。也就是说，它们采用了一些抽签型故事大会的方法。例如，由B.弗雷恩·马斯特斯（B.Frayn Masters）创立、筹办和主持的"波特兰后篱故事会"（Backfence PDX）系列活动，就属于混合型故事大会。通常，主办方事先确定故事讲述者的人选，但同时又会在现场邀请3或4名听众登台，让每人讲述一个与当日主题相同，时长为1分钟的故事。

"波特兰后篱故事会"推出了"轮盘故事会"系列活动，令人兴趣盎然。在每次活动中，经验丰富的6位故事讲述者一起转动轮盘，轮盘上面写着有趣的提示词。轮盘停下，提示词被选定之后，选手只有5分钟的准备时间，之后就必须围绕提示词现场讲述一个时长为5分钟的真实故事。最后，听众投票选出获胜者，而获胜者将得到奖品和奖金。

"奥克兰讲故事大赛"（StorySLAM Oakland）也是一种混合型故事大会。除现场抽签选定部分登台选手外，主办方还付费请"特邀"的故事讲述者参加比赛。这种混合型的故事大赛，比较适合针对小型社区的讲故事比赛活动。在这类活动中，经常会出现一些深藏不露的讲故事高手。同时，比赛还会通过现场抽签的形式选定部分选手，保证社区内部的人有机会登台讲述自己的故事。这种活动举办得越多，大家讲的故事就越精彩，主办方"发现"新的讲故事高手的机会也就越多。

如果你正在考虑举办类似的活动，我建议你收集故事讲述者的信息，包括他们的电话号码和电子邮件地址，以便和他们建立联系。如果你打算进行拍摄、录音和录像，并计划用这些材料宣传你自己筹备的故事大会，一定要事先获得当事人的书面许可。

通常，这种书面文件只是允许主办方在他们的播客或节目中使用别人的故事，但知识产权仍然属于故事讲述者。换句话说，故事以及故事内容仍然属于故事讲述者，主办方只是获得当天的图片和影像资料的使用权。

"飞蛾故事会大舞台"（The Moth Main Stage）等故事大会，采用混合型的方式挑选故事讲述者，被选中的人包括"飞蛾故事会"月度比赛的获胜者，受邀的作者或名人，甚至包括部分打进热线电话的幸运儿。得到讲故事的资格后，他们将获得导演的培训和指导，以便更好地塑造和展现他们的故事，力争取得最佳效果和影响。

无论一个故事大会的形式如何，如果你愿意去参加比赛，在报名之前，最好还是做一些研究，包括看相关音视频资料，或者亲自到场去了解信息。这些事情一定要做，尤其是当你不确定你的故事或讲故事风格是否符合要求的时候。

📝 登台展示的方法与技巧

现在，你已经成功获得登台讲故事的资格。那么，在舞台上，你应该怎么做呢？接下来，我将介绍一些方法、技巧和练习，希望它们能够帮助你在舞台上展现出最佳风采。

热身

虽然讲故事或许不是表演戏剧，但是两者有相同之处。演员们经常在登台前做一些练习和常规活动，而这些练习和常规活动，与运动员在剧烈运动或比赛之前所做的热身运动有相似之处。故事讲述者如果能够在登台前做一些热身，那么他们的声音和身体状态都会比较好。这些热身活动包括以下内容。

身体热身

如果你在登台前没有拉伸或"激活"你的身体，上台后就很难有完全"在现场"的感觉，并且会觉得身体不听从自己的指挥。其实，有一些非常简单的热身动作，可以帮助你解决这一问题。甚至在你听其他选手讲故事的同时，你坐在那里就可以热身。这些热身动作包括：

- 对脖颈、肩膀、胳膊和双腿进行小幅度拉伸。
- 做出或大或小的夸张表情，拉伸面部肌肉。
- 用手指轻揉下颌和脸颊，以对嘴部肌肉进行按摩。
- 舌头沿着牙龈线活动，使舌头和嘴巴灵活起来。
- 走动、抬膝、抬高双臂，走动的步数可以选择一个你喜欢的数字，以给自己积极的心理暗示。

呼吸热身

登台讲故事前，吸气和呼气练习是很好的热身。这个练习不但可以帮助你放松，而且还能提升你说话的音调和音质。呼吸热身有下列方法：

- 吸气，同时在心里默数4个数。随后，用发出摩托艇般的"呜呜"声的方法呼气，同时在心里默数8个数。

- 吸气，同时在心里默数4个数。随后，用同样的方法呼气，同时在心里默数12个数。

- 吸气，同时在心里默数4个数。随后，用同样的方法呼气，同时在心里默数16个数。

- 吸气，同时在心里默数4个数。随后，用同样的方法呼气，同时在心里默数20个数。

声音热身

如同身体热身和呼吸热身一样，声音热身对"激活"你的声音非常重要。声音热身有下列方法：

- 在你走向舞台的时候，可以跟着音乐唱歌，或唱你喜欢的歌曲。

- 双唇紧闭，哼唱并做出咀嚼的动作。

- 慢速重复几个绕口令，使嘴部的肌肉灵活起来。

- 唱出琶音①，从高到低和从低到高，以放松声带肌肉。

---

① 指一串和弦音从低到高或从高到低依次连续出现。——编者注

声乐练习（1，1-2-1，……）

旧金山的蝙蝠即兴剧团（BATS Improv）是全球最卓越的即兴剧团之一。该剧团的音乐总监和即兴音乐家J.拉乌尔·布罗迪（J. Raoul Brody）建议进行下面的声乐（歌唱）热身练习，以增加嘴和喉咙周围肌肉的供血。

唱1，1-2-1，1-2-3-2-1……，用大音阶唱，音高先由低到高，再由高到低：

1-2-3-4-3-2-1

1-2-3-4-5-4-3-2-1

1-2-3-4-5-6-5-4-3-2-1

1-2-3-4-5-6-7-6-5-4-3-2-1

1-2-3-4-5-6-7-i-7-6-5-4-3-2-1

然后，反过来唱，先由高到低，再由低到高：

i

i-7-i

i-7-6-7-i

i-7-6-5-6-7-i

i-7-6-5-4-5-6-7-i

i-7-6-5-4-3-4-5-6-7-i

i-7-6-5-4-3-2-3-4-5-6-7-i

i-7-6-5-4-3-2-1-2-3-4-5-6-7-i

（注：作曲者不详）

▲ 声乐练习（1，1-2-1……）①

---

① 本图为原谱，图中3行英文的意思从上至下依次为"声乐练习（1，1-2-1…）""作曲者不详""寻找作曲者"。——编者注

麦克风

绝大多数故事大会都会给参赛选手准备麦克风。有些故事大会要求选手把麦克风放在固定位置，有些则允许他们手持麦克风在舞台上走动。

固定式麦克风

我建议，在大多数讲述真实故事的比赛中，参赛选手最好把固定式麦克风放在原位，因为这样做可以给你的身体带来最大的自由度，以便在讲述故事的过程中充分发挥肢体语言的作用。

身体靠近麦克风后，嘴和麦克风应保持大约三指宽[①]的距离。毕竟，你不是在进行说唱或单口相声表演——进行这两类表演时，你可能会希望嘴巴紧贴着麦克风！

你还应该调整麦克风的角度，使它稍微偏向你的脸颊。这样，当你讲故事时，就不会直对着麦克风说。这样做的好处是，当你发出爆破音时，可以减少麦克风发出的"砰砰"的声音。

不要对麦克风有恐惧心理！许多新手把麦克风当作他们与听众之间的障碍，不经意地在麦克风周围或后面说话，或者距离麦克风太远。这会让听众感到沮丧，因为他们明明看到你在说话，但听不清你在讲什么。所以，要离麦克风近一些。

如果你在讲故事的过程中需要做一些动作，因而不得不离开

[①] 此处的"三指宽"大约为5.7厘米，后文同。——译者注

麦克风，那么，你可以把动作做完，然后靠近麦克风并把话讲出来。否则，如果在你距离麦克风较远的地方讲话，声音效果会比较差。

如果你在讲故事时，说话的音量变化比较大，那么，你最好事先练习一下，以便在降低音量时，距离麦克风近一些；在大喊甚至尖叫时，与麦克风保持远一些的距离。

手持式麦克风

主持人、歌手、单口相声演员和故事讲述者也使用手持式麦克风。要想使这种麦克风有良好效果，需要我们做一些练习。虽然这种麦克风不妨碍你在台上活动，但由于一只手被其占据，你的行动会受到一些限制。

与固定式麦克风一样，使用手持式麦克风时，同样要调节嘴巴与麦克风之间的距离。最佳距离是约三指宽，以便减少声音失真，取得最佳音质效果。

我想提醒经验不足者，把控好手中的麦克风，这本身就是一个技巧。如果缺乏计划和自信，人们在手里拿着麦克风的时候，倾向于在舞台上漫无目的地走动。这就是为什么我建议，在使用手持式麦克风时，减少麦克风和身体的移动。我本人就是这么做的。

耳麦

如果你被要求或可以选择使用耳麦，那就再好不过了。通常，耳麦带有一个伸到嘴巴附近的小麦克风，可以解放你的双手，身体移动起来也很方便，有助于讲故事时取得良好效果。

除解决漫无目的地走动的问题之外，耳麦还可以让听众感到很自然。这时，你没有双手和身体被束缚的感觉，这有助于你集中精力讲述你的故事。

佩戴耳麦时，需要注意的一个问题是麦克风的位置。如果它移动到离嘴巴比较远的地方，听众就可能听不清楚你说话。因此，有的人就用医用透明胶带把耳麦固定在脸上，保证耳麦的麦克风处在距离嘴巴比较近的位置。如果担心医用透明胶带在舞台灯光的照射下，反光过于强烈，你可以将哑光物质涂在胶带上面。

肢体语言

你在舞台上控制身体和临场表现的能力，将影响听众对你的故事的接收效果。我喜欢观察故事讲述者在舞台上的表现，其中包括他们自然的肢体语言、姿态和临场表现能力。从本质上来讲，一个人在舞台上的表现具有个性化的特点。因此，如果你的肢体语言能够自然地呈现你的谈吐和气势，你就不一定必须对你的肢体语言做出改变。

然而，如果你能意识到某种行为或本能能够给听众留下什么印象，还能意识到通过修正自己在舞台上的临场表现，可以改变听众对你的印象。那么，你将受益匪浅。

我认为，既然登台讲故事的人们性格各异，背景不同，他们讲述的故事也应该具有个性化的色彩。因此，我不建议你照搬别人的某种行为，向听众展现"虚假"的你。这是因为，我担心这样做将会让听众觉得不真实，导致你失去听众的信任。我的建议是，如果你确实感到尴尬和紧张，即使你把尴尬和紧张表现了出来，也比虚张声势去掩盖尴尬和紧张要好得多。

听众能够辨别出来虚假的表现。事实上，如果你在舞台上不够诚实，听众就会进一步对你和你的故事的其他方面持怀疑态度。下面，我将提出几条关于肢体语言的建议，但你在应用它们的时候，一定要谨慎、恰当和得体。

眼神交流

与一对一互动时相同，眼神交流是舞台上强有力的肢体语言。然而，由于舞台上灯光非常亮，你可能无法与听众进行实质性的眼神交流。不过，我们还是有办法加以应对。

对于不习惯强烈灯光的故事讲述者来说，登台前熟悉环境大有裨益。由于你在舞台上无法与听众进行真正的眼神交流，你可以向前平视，或者把目光投向大厅的后部，给听众留下你正在凝视他们的感觉。这将让听众觉得，你在讲故事的时候正在朝他们那里看，与他们进行眼神交流。

在舞台灯光不太强烈的时候，故事讲述者可能会在舞台上看清听众。在这种情况下，我的策略是，在讲述故事的某一部分时，把目光集中在某一区域的听众身上。讲完之后，再把目光转向其他的听众。这样的话，我就不是把目光集中在某一个特定的方向。这样做的好处是，我虽然是在对所有区域的听众讲故事，但每个区域的听众都会觉得，他们得到了我"个人的"关注。

在应用这一策略时需要注意，在舞台上讲故事时，不要像喷洒装置一样来回转圈，因为那么做非常不自然。在对一屋子的朋友讲话时，你不会这么做。在舞台上讲故事时更是如此。

在大型场合进行眼神交流，或者给予别人眼神交流的感觉，会帮助你在别人心中建立个性化的印象，让听众觉得，你正在单独给他讲故事。

在有些场合下，为了增强故事的"现场感"，我会寻找听众中对故事特别感兴趣的人，即那些微笑、点头和积极倾听的听众，并与他们单独交流。我会和他们谈论某个短语或思想。如果我觉得气氛比较融洽，甚至会与他们进行探讨。这样做的好处是，听众会觉得我是在和他们所有的人进行对话和讨论，并且他们中的任何一个人都有这样的机会。因此，他们会认为我非常亲切。此外，这样做能够让我给听众留下自发和随机交流的印象，不会认为我有"托"，进而使会场气氛更加活跃。

呼吸控制

对于讲故事时呼吸控制的重要性，我当初并不以为然，直到有一次我听了自己的录音之后，才改变了看法。我此前有个习惯，在讲故事的过程中经常用舌头撞上颚，发出拍打声。现在，我在讲故事时会注意自己的呼吸，当我觉得气短或发出上述声音时，我就知道自己应该调整呼吸了。

事实上，在讲故事的过程中，如何控制呼吸，在很大程度上能够影响故事讲述者的整体表现。如果呼吸控制得好，故事讲述者就可以气定神闲，调整好讲故事的节奏，还能在整个讲故事的过程中为大脑提供足够的氧气。

与此相对的，故事讲述者在呼吸控制方面有缺陷，会给听众留下失控的感觉，好像故事讲述者正在把故事节拍和故事细节一带而过，只想把故事尽快讲完。我当然明白，在限定时间的故事大会上，故事讲述者可能会有"我只有5分钟时间"的感觉，因而会想方设法在有限的时间内快速地多讲一些内容。然而，请想一下，听众是愿意听一个花5分钟时间被从容地讲述出的故事，还是愿意听一个本应该花7分钟，却被强压成5分钟的故事呢？

如果我有一个需要用7分钟才能讲完的故事，但必须在5分钟之内讲完，我宁愿放慢节奏，减少一个故事场景、故事节拍或者某个细节，而不愿意牺牲我对呼吸的控制。因为，那样做无疑将使听众的体验大打折扣。

同样，如果我在讲故事时发现听众没有跟上我的节奏或兴趣不大时，我有时也会产生一种反应，即想加快速度，以便尽早开始讲述故事中的精彩部分。然而，我发现，如果我觉得我"丢失"了听众或者还没有"赢得"他们，最好的方法是放慢速度，调整呼吸，重新使自己聚焦于讲述的故事当中。通过这种手段，我就可以首先告诉听众为什么我认为这是一个值得讲的故事，然后再自然而然地进入故事中精彩的部分，进而取得良好效果。

现场解读

对于参加故事大会，我的最后一个提示是，不同的故事大会的现场环境和要求各不相同。因此，你要具备对现场的解读能力，或者说"察言观色"的能力。在登台前，你应当明白自己要参加的故事大会属于什么风格。你还需要问自己：在这个场合讲这种故事是否合适？由于风格和听众的原因，我是不是应该选择一个更合适的故事？

撰写本书期间，我与蝙蝠即兴剧团合作，在莉萨·罗兰（Lisa Rowland）的指导下，参与了名为《聚集》（*The Gather*）的系列表演，持续时间为一个月。在这个系列表演中，故事讲述者和即兴演员结对。故事讲述者先讲述一个真实的故事，然后即兴演员把故事内容当作原始素材，现场进行即兴表演，探讨故事的主题、角色、人物关系和题材。

我们邀请的故事讲述者来源广泛，人生经历迥异（不仅仅是喜剧性的），以使故事话题尽可能多样化，并能在舞台上进行探索。我们的节目鼓励人们讲述真实的故事，创造场景，并帮助人们建立和强化与故事讲述者的连接，进而深化不同的人之间的连接。

这些故事讲述者对我们的表演形式很感兴趣，因为他们能够看到即兴演员是如何从故事中提取素材并进行表演的。他们中的一些人讲述了轻松愉快的故事。例如，我的学生米尔顿·斯凯勒在加州的米尔谷（Mill Valley）有座房子，他讲述了粉刷那座房子宽敞的客厅的有趣故事。另外一些人的故事的话题则比较沉重：一位被称为3858的朋友讲述的是他入狱前的经历。

我注意到了这些故事讲述者对现场的解读能力，并对他们表示钦佩。这是因为，他们都仔细考虑了环境、听众、即兴演员，并对应该在这种现场环境下讲什么样的故事做出了自己的判断。我认为，他们对现场有正确的认识，这有助于他们在讲述深刻和令人震撼的故事时，有坦然和自信的表现。

此外，参加我们表演活动的一些故事讲述者——其中包括格雷格·基罗加（Greg Quiroga）——本来计划讲述自己准备好的故事，但在现场听到其他人的故事之后，为了做出回应，临时改变了主意，讲述了另外的故事。当时，故事讲述者连续讲述了几个严肃、痛苦或感人的故事，这本身是一件很好的事情。与此同时，听众也获得了严肃和沉重经历的间接体验。不过，格雷格觉得，有必要转变一下现场气氛，于是就讲了一个轻松和幽默的故事。格雷格的做法，充分体现了他对现场的良好解读能力。

与此相对的是，我还曾看到有些故事讲述者在参加"飞蛾讲故事大赛"时，准备非常不充分，表现非常不专业，其中包括在讲故事时吃东西。还有的人讲故事时漫无目标，缺乏重点。显然，如果故事讲述者不能对现场做出正确判断，他们在不经意间就会给整个故事大会带来负面影响。

✏️ 筹办自己的故事大会

如果你希望筹办自己的故事大会，为自己和社区创造机会，下面的一些知识和建议或许会对你有所帮助。

场地和故事讲述者

筹办故事大会并不需要做太复杂的准备，你最需要的是：

- 场地。
- 故事讲述者。

讲故事活动的规模有大有小。显而易见，规模越大，需要准备的事情就越多。如果你只是想邀请朋友们在公园里讲故事，你就不需要准备麦克风、进行宣传和布置灯光等。

场地

- 公共空间，如社区活动中心、图书馆等。
- 酒吧、饭店、咖啡厅。
- 剧场、画廊。
- 学校、体育馆、医院。

通常，当我在寻找活动场地时，会去几个备选场地看看。我一般会从自己比较熟悉的场地开始寻找，包括我经常去的剧院和咖啡厅，以及我去过的举办过类似活动的场所。

场地会有不同的要求，有些场地不收取使用费，因为你能够给他们带去顾客。有些场地则需要支付租金、使用费、保洁费以及服务费等。

如果讲故事活动的规模较大，比如需要在小型剧场举办，我就会做更多的准备，其中包括：

- 售票和验票人员。
- 灯光、音响和其他设备的操作人员。
- 管理舞台秩序的人员。
- 摄像和后期制作人员。
- 为活动的顺利进行提供支持的服务人员。

筹办自己的讲故事活动有许多好处，其中之一是，你可以掌握活动规模和场地的大小，小到私密的客厅，大到你可以想象到的巨大舞台。

故事讲述者

几年以前，我筹办了名为"肛门的独白"的故事大会，目的是为克罗恩病和结肠炎的研究和治疗筹款。这是两种慢性炎症性疾病，我的一些近亲和朋友为它们所苦。故事大会的标题是对伊娃·恩斯特（Eve Ensler，剧作家、演员）创作的《阴道独白》[①]（*The Vagina Monologues*）这部话剧的模仿。我当时的做法是，邀请故事讲述者围绕"肛门的独白"这样的主题，讲述各种风格的简短故事。

我记得，第一场故事大会在旧金山的海湾沿岸剧场（Bayfront Theater）举行，开始时间是一个星期五晚上的10：30。那是一场"深夜故事会"，因为从晚上8点到晚上10点，这个场地还有其他活动。

我采用了混合型的方法邀请故事讲述者：一方面，我向我认识的、对参加这次活动有兴趣的人发出邀请。同时，我还在分类广告网站克雷格列表（Craigslist）以及其他互联网公告栏上招募故

---

① 主题为反抗针对妇女性暴力的著名话剧。——编者注

事讲述者。这么做之后，我收到了一些文本、简历和作品链接。

在很短的时间内，我就有了足够的参与者，故事大会规模还不算小。我选的场地是一座可以容纳200人的剧场，我需要支付租金。此外，我还要为下列事项支付费用：

- 印刷海报并在市区张贴。
- 设立网站去进行推广。
- 在宜家购买配套的凳子，以保证观众的座位和舞台风格一致。
- 在后台休息室为故事讲述者准备食物。
- 购买食物和饮料，用来在大会结束后答谢故事讲述者。

每一名故事讲述者，我都至少提前和他们见一次面，目的是听一下他们的故事，并在必要的情况下给出指导和反馈，以便让他们能够更好地融入即将举行的故事大会。在许多情况下，我建议他们删减故事素材，确保按照时间要求，从容地讲述故事。

当故事大会的日期临近时，我的时间主要用于以下方面：

- 与场地出租方以及故事讲述者进行交流，确保在时间和地点上不出差错。
- 通过发送电子邮件做广告，并通过悬挂横幅的方式推介故事大会。

● 在合适的网站上出售价格优惠的"早鸟票"。

此外，一定要指定故事大会开始之前的相关人员集合时间，确保故事讲述者以及其他有关人员按时到位。相关人员集合之后，你应该告诉故事讲述者去哪里以及做什么。如果你组织的是抽签型故事大会，你还要指定人员去收集报名人员的姓名，并分发需要他们填写的表格。

至于是否需要主持人，要视具体情况而定。有些故事大会，比如我组织的"肛门的独白"故事大会，事先确定好了选手的出场顺序，因此就不需要主持人对他们进行介绍。他们只需要在前面一名选手结束之后，在接到暗示时登台即可。其他一些故事大会，例如"飞蛾讲故事大赛"，则安排有主持人，以保证活动中的衔接和过渡顺利进行。

整体状态

我认为，一场故事大会能否成功，主要取决于它的整体状态。关注整体状态，是指我们要强调故事大会作为一个整体的重要性，并意识到"各部分相加大于总和"。我们要知道，故事大会并不是各个故事的简单相加，而是它本身是一个完整的活动，像故事一样，有开头、中间和结尾。

故事大会的整体状态包括多个因素，例如：会场气氛的起伏、故事的幽默与夸张，故事讲述者和听众的节奏，时间限制和过渡等。我们以时间限制为例，如果一个故事讲述者用了5分钟来讲故事，他后面的故事讲述者用了14分钟，接下来的故事讲述者用了30分钟……这样的话，听众恐怕就会不知所措，对每个故事的时长感到疑惑。如果能够让听众对每个故事的持续时间有准确的预期，那么，听众就会建立他们自己听故事的内部节奏，这显然有利于故事大会有良好效果。这也说明了把握整体状态的重要性。

当我主持"开放麦"故事大会时，作为主持人，我无法控制选手讲的故事内容，但我能够调节每个故事之间的气氛。我的一个屡试不爽的方法是，当故事大会进展顺利时，主持人要顺势而为，不再做更多的动作。也就是说，当故事讲述得非常好，听众乐在其中时，我不会试图去吸引听众的注意力，让他们注意我的存在。这就像人们在看一场精彩的网球对攻时一样，如果作为主持人，我会让良好的气氛继续下去，而不是去打乱它。

与此相反，如果某个故事偏离了故事大会的整体氛围，导致听众不安、困惑或不在状态，作为主持人，我就会巧妙地调节气氛，吸引听众的注意力，让他们重新回到现场。

下面，我举一个例子。几年前，美国发生了几起警察枪击非裔美国人的事件，引起轰动，社会关系变得十分紧张。"黑人的命也是命"（Black Lives Matter）人权运动势头大增。美国各地爆发游行，抗议滥杀黑人，相关报道铺天盖地。

其中的一个事件发生在2015年，一位名叫弗雷迪·格雷（Freddie Gray）的黑人，在被巴尔的摩市（Baltimore）警方押送的过程中受伤并最终死亡。全美各地很快掀起了抗议浪潮。那天晚上，我正在旧金山主持一场故事大会，主题为"混乱"。虽然这个主题很早以前就确定下来了，但那天晚上剧场里的气氛非常紧张，充满火药味儿。

那天的故事大会开始前，与往常一样，我要做一些相对轻松的事情进行暖场。在这期间，听众中有人大喊，呼吁关注发生在巴尔的摩的事件。对此，我进行了恰当的回应。要知道，有时我们需要对听众的情感表示认可。虽然我们当时在一个小型剧场里，能够做的事情并不多，但对抗议活动表示支持，关注我们所在的国家正在经历的困难时刻，有助于缓解现场的紧张气氛。这一点与讲故事类似。这是因为，通过讲故事，我们可以帮助感到孤立无援的人们建立连接，让他们互帮互爱。

在那场故事大会进行到大约一半时，一位名叫苏珊娜·巴拉卡特（Suzanne Barakat）的女士被抽中。我此前从来没有见过她。她讲述了她的哥哥、嫂子和妹妹由于种族暴乱而被杀害的故事。这是当晚我听到的最具有震撼力的故事。她敞开心扉，与听众分享了她的悲剧和种族屠杀给她带来的痛苦，这深深打动了听众，引起了强烈共鸣。

目前，"飞蛾讲故事大赛"的参赛选手多种多样。因此，主持人的任务是确保大会的整体状态基本保持一致。在苏珊娜讲完她的故事之后，作为主持人的我，应当怎么办呢？我的大脑中有一个声音告诉我，应当立即结束故事大会。另一个声音则告诉我，我还有工作要做，我的责任是让大会继续进行。具体应该怎么做呢？讲笑话恐怕是对苏珊娜的故事及其震撼力的不尊重。因此，我把解决问题的办法交给了听众。我告诉他们："请转向你们旁边的人并互相拥抱。"这时，剧场里面充满了爱的气氛，陌生人之间互相拥抱。在听完如此悲伤的故事之后，听众们释放了他们的情感，互相建立了情感连接。那是个既具有震撼力又令人难忘的时刻。那个阶段过后，我把下一位故事讲述者请上舞台。

我的意思是说，在遇到上述类似状况后，主持人的任务是尽快让听众平复情绪。这是因为，如果你是主持人，你不希望下一位故事讲述者踏入不可能获胜的环境，因为那样的话将非常不公平。而通过释放听众因听完某一个故事而产生的情感，下一位故事讲述者就可以深吸一口气，开启故事大会的新阶段。

我想通过上面的例子说明，在什么时间你可以利用会场内的能量，调整和保护故事大会的整体状态。

下面，我再举一个例子，说明我是如何借助即兴技巧，避免了一个很可能要发生的负面事件。

那是在第一届旧金山"飞蛾讲故事大满贯比赛"时发生的

事情。当时，10位"飞蛾讲故事大赛"的冠军汇聚一堂，一决高下。比赛现场是能容纳1400人的旧金山卡斯特罗剧院，我有幸担任主持人，但当时是我第一次面对那么多听众。

在主持"飞蛾故事会"举办的活动时，我的主要任务是确保活动能够流畅地进行。我会热场，烘托气氛，鼓励听众表现出友善的态度，提高他们的参与度。在抽签环节，我会邀请听众把被抽中的小纸条上面的名字（可以是化名）读出来。

当时，半场休息时间刚刚过去，听众已经重新落座，等待开始讲述第6个故事（共计10个故事）。然而，就在那个时候，音响出了问题，发不出任何声音。

我当时就站在舞台中央，独自面对会场中的1400名听众，其中还包括来自纽约"飞蛾故事会"总部的行政管理人员。大家都把目光投向了我，而那些技术人员则手忙脚乱，设法尽快修复音响。

幸运的是，我接受过即兴表演的专业训练，也进行过即兴表演的演出。我妻子那天晚上坐在会场的第一排——她也是一名即兴演员。当时，她给了我一个她给过我的最酷的表情，并说出了改变那天晚上局势的几个字："音响效果。"

"音响效果"是一种听众参与的即兴游戏。在这个游戏中，演员在舞台上进行表演，借助物品，做出哑剧动作，比如开门和关门等。听众则被要求统一为那些动作配上声音，也就是提供

"音响效果"。在此前的小型表演中，我曾多次与听众一起玩过这个游戏。但是，这一次，我不知道1400人能否自发地与我一起玩这个游戏。

但是，我还是想努力尝试一下。在没有麦克风的情况下，我用最大的声音喊道："我要表演一个场景，大家提供'音响效果'，好不好？"现场的听众们喊道："好！"我心想，势头不错，于是就向舞台的左侧走去。这时，现场的听众一起开始踩脚，为我"配音"。

我双臂向前伸，做出打开水龙头洗手的动作。这时，上下两层、能容纳1400人的剧院内发出了统一的"哗啦……"声，为我简单的洗手动作创造音响效果。

随后，我"关上水龙头"，向右边走去。听众再次踩脚，发出一致的"咚咚咚……"的声音。随后，我在舞台中央停了下来，做出骑上摩托车的动作。看到我的身体上下起伏，听众们知道该怎么做。他们一起发出"嗡……"的声音，配合我的动作。

就这样，在三四分钟的时间里，听众的注意力被我的游戏所吸引。我的目的达到了。这时，负责音响的技师向我点了点头，示意音响已经恢复正常。

随后，我介绍了下一位故事讲述者，并回到自己的座位。这时，汗珠开始从我的额头纷纷滚落。我大汗淋漓，心跳加速，后怕不已。由于这时我已经不是听众关注的焦点，我就趁机回想刚才发生的一幕。在没有音响、道具和其他任何东西的情况下，我仅仅凭借一个简单的游戏，就成功地吸引了听众，这也太神奇了。我用做游戏的方法掌控了故事大会的整体状态，让大会得以顺利进行，这次经历让我终生难忘。

我相信，你也能够做到这一点。你要对台上和台下正在发生的事情保持临场控制力，掌控整体状态。你这一点做得越好，听众与你以及你举办的活动的联系就越紧密。

出场顺序

除非你举办的是一场抽签型故事大会，否则，你通常会希望安排好故事讲述者的出场顺序。我已经筹办过许多场故事大会，在这些故事大会中，我通过对多种表演和故事的风格进行平衡，编排出场顺序。

例如，在"肛门的独白"故事大会上，我不得不多次寻求平衡，调整故事讲述者的出场顺序，而被调整的故事讲述者的讲述方式存在巨大差异，比如用音乐喜剧与用严肃的诗歌朗诵；用多媒体幻灯片讲述与用抒情的方式讲述令人感到痛苦的、与克罗恩病抗争的故事。事实上，这些故事除了都与故事大会名称中的那个词——肛门（或坏人）——有关，几乎没有其他共同点，简直是个大杂烩。

通过举办这些故事大会，我在如何为这类故事大会编排出场顺序方面积累了宝贵的经验。我发现，每个故事都会把听众带入某种感性的或理性的"旅程";同时,它们又都会对"现场感"造成影响。例如,有些故事开始时在情感方面并无波澜,但结束时却令人伤感。有些故事则在开始的时候比较低落,但结束时让人感到充满力量。还有的故事在开始时很神秘,结束时很幽默。因此,编排出场顺序的要领是弄清楚每个故事开头和结尾的风格特点,这些风格特点在很大程度上决定了出场顺序。

比如,我喜欢把普遍性强和轻松幽默的故事放在第一个,因为这样做有利于烘托现场气氛,既有助于让听众迅速进入听故事的状态,又让他们感觉这是种娱乐。这样的话,第一个故事结束时,现场的气氛就会比较热烈。这就有助于让接下来出场的故事讲述者跟随着现场热烈的气氛,讲出下一个风格类似或者能让气氛更热烈的故事。

这样,我就建立起了一个模式,为听众营造了一种欢快、让人好奇和投入的感觉。前面的两个故事得到听众的认可之后,我就可以做出令听众感到意外的事情,即请下几位故事讲述者讲出另外几种风格的故事——包括奇特的、惊悚的故事以及任何"特立独行"的故事,以转变现场气氛。这样的话,听众对故事风格的预期范围就得到了扩展。这是因为,他们曾看到一个模式,然后这个模式被打破,这反而让他们产生了好奇心。他们会问,下面将会听到什么样的故事呢?

在利用故事开头和结尾的风格特点编排出场顺序时,我的另

外一个方法是让多个故事首尾相连。例如:

- 第1个故事开始时平缓,结束时高涨。

- 第2个故事开始时高涨,结束时甜蜜。

- 第3个故事开始时甜蜜,结束时紧张。

- 第4个故事开始时紧张,结束时有趣。

- 第5个故事开始时有趣,结束时滑稽。

采取这样的策略,你就可以把听众在故事大会上的"旅程"安排得自然、顺畅。由于每个故事的素材千差万别,我倾向于给听众安排"自上而下"的"旅程",即开始时是轻松愉快的故事,随后逐渐转向更深刻、更深奥和更个性化的故事。

如果一场故事大会一共有10个故事,并且顺序由我安排,我会把最严肃或最具影响力的故事安排在靠后的位置,比如第7个或第8个,但不是安排在最后一个。这样的安排有助于让听众产生坐过山车的感觉:最开始是轻松愉悦的故事,接下来的故事比较严肃或感人,最后还是轻松愉快的故事。这样的安排,有利于故事大会在人们高涨的情绪中结束。

最后,当故事大会结束时,我希望自己有一种在某种程度上被改变的感觉。主持人艾拉·格拉斯(Ira Glass)在他主持的节目《我学到的七件事》(*Seven Things I Learned*)中,透露了他组织

《美国生活》（*This American Life*）这档广播节目的方法。事实上，他的方法与我刚才说到的方法类似。他是这样说的：

电影《屋顶上的小提琴手》（*Fiddler on the Roof*）以喜剧的形式开始，讲述的是一个父亲要把3个女儿嫁出去的故事。随着每个女儿选择的丈夫越来越不被家庭接受，故事情节在推进过程中逐渐变得严肃起来。

这部电影从喜剧开始，到以悲剧结束的叙事顺序，成为格拉斯的《美国生活》节目的模板。此外，格拉斯认为，《屋顶上的小提琴手》对《美国生活》的另外一个影响是，节目的顺序从个人故事开始，然后安排讲述"具有更大的人性意义的故事"。

故事大会或故事节目都可以采取这种方法，即故事的安排顺序应当是从小的、个人的和富有喜剧色彩的故事开始，逐步转向严肃的、非个人化的和深刻的故事。我安排出场顺序的另一个原则是先"提升"，再"下降"。如同过山车一样，开始时"向上"，即讲述幽默有趣的故事，然后"下降"，讲述更加有分量和意义的故事。

我把上述策略牢记于心，安排了"肛门的独白"故事大会的出场顺序。那次大会的出场顺序如下：

- M.I.布卢（M.I. Blue）："声音之诗"。

  - 故事从平静到高亢，内容和一名男子的爱情生活有关。

- 珍妮弗·卡斯尔（Jennifer Castle）："克罗恩病"。

  - 一个简短的、令人伤感的与克罗恩病进行抗争的故事，讲述了这种较难治愈的疾病给病人带来的痛苦和尴尬。故事的结尾表达了乐观和希望，令人振奋。

- 丹尼尔·韦斯（Daniel Weiss）："禁止入内"。

  - 用一首优美的歌曲讲故事，内容是关于为自己的身体设置限制。歌曲采用了《噢，爸爸》（*Oom Pa Pa*）这首歌的风格，全体表演者参与演唱。

事实上，对故事大会的出场顺序进行平衡后，几乎每个故事都能找到合适的位置。达到这一目标的前提是，每个故事（的风格等）都要和其余故事的处于整体平衡的状态。一般情况下，太长的故事很难融入整体当中，除非它是那场故事大会的专属节目。相比而言，短小的故事能够独立地提升观众的热情，尤其是在情绪低沉的故事之后。短小的故事使得故事大会更加多样化，进而给听众带来意外之喜。

✎ 线上故事大会

由于新冠肺炎疫情，各类艺术家将表演从线下转到线上，充分利用互联网科技的力量进行表演，以便与观众和听众保持密切连接。"保持社交距离"的规定，使得人们不能在一起表演或者讲故事，即兴思维的力量在此时反而起了作用。这是因为，即兴思维帮助人们利用身边的物品，应对意料之外的事情，适应新的环境，进而推出线上故事大会和其他活动。

相关软件

虽然族幕（Zoom）和云开会（Skype）等视频会议软件的主要用途为聊天和召开会议，但它们同样可以把全球相距遥远的故事讲述者连接起来，并让他们与听众分享故事。Zoom可以显示所有的故事讲述者，也可以只显示当前说话的人的图像。这两种模式可以任意切换。其中第一种模式能够给大家一种身处剧院的感觉，仿佛在参加一场线下故事大会。

Zoom具有"隐藏关闭摄像头的参与者"的功能。在第一种模式下，关闭摄像头的参与者讲话时，声音可以被听到，但图像被隐藏。这样，打开摄像头的视频参与者的图像可以占据更大的屏幕空间。因此，当只有一位参与者的摄像头开启时，可以变为一人讲故事的模式；两位参与者的摄像头开启时，可以变为两人对话的模式。

无须费太多周折，这些讲故事的活动就可以在直播平台上进行全球现场直播。

线上故事大会令我感到兴奋，这是因为，即使无法在线下相聚，人们也可以利用技术和工具，进行艺术表达并建立情感连接，而这正是故事大会所擅长的。

线上故事大会遇到的挑战之一是，如果没有现场听众，故事讲述者讲故事的时候，周围一片寂静，这会让故事讲述者缺乏现场感。例如，你独自一人在餐厅讲故事时，不会有听众的笑声或其他听得见的反应！此外，大多数线上聊天和会议软件的另一个特点是，人们可以通过聊天区进行互动。在聊天区，听众可以参与互动，或者用文字去鼓励故事讲述者。

YOUR STORY, WELL TOLD

第十二章

总结

通过阅读前面的内容，你应该已经掌握了足够的信息，拥有了接受挑战的勇气。因此，现在是你开始讲故事的时候了。在你每次有故事要讲的时候，请按照下列步骤，创作和润色你的故事。

（1）构思：发挥想象力，使故事内容更加充实和丰满。

（2）创作故事时，不要被结果所牵绊。当你发现故事本身有它自己的走向时，不要因坚持自己对故事走向的意愿而强行改变故事走向。

（3）尝试不同的故事骨架，找到最适合的那一个。

（4）把你的故事讲给朋友和同学听，或者在故事大会上进行分享。

（5）根据自己的感觉和他人的反馈，润色自己的故事。

（6）重复以上步骤来创作新的故事。

> 如果你想成为讲故事高手，最佳途径之一是向精彩的故事学习。
>
> ——凯文·艾利森（Kevin Allison）
>
> 讲故事博客"风险！"（*Risk*！）主持人

最后，我真诚地希望本书能够给你带来愉悦，并帮助你在故事创作、故事讲述、即兴表演、创新能力以及其他方面取得更大的进步。这是我出版的第一部作品，就我的人生的故事骨架而言，我每天都努力学习，拥抱新事物，希望能日有寸进。

感谢你阅读本书！